Nippu
Miru
Jane
An

魔法の庭ものがたり

21

うらない師《し》ルーナと三人の魔女《まじょ》

あんびる やすこ

ポプラ社

もくじ

魔法《まほう》の庭《にわ》ものがたりの世界《せかい》

これは、魔女《まじょ》の遺産《いさん》を相続《そうぞく》した人間《にんげん》の女の子の物語《ものがたり》。
相続したのは、ハーブ魔女トパーズの家《いえ》、「トパーズ荘《そう》」と、
そのハーブガーデン、「魔法の庭」。そして、もうひとつ……。
トパーズがかいた薬草《やくそう》の本、「レシピブック」でした。
こうしてジャレットは、トパーズのあとつぎとして、
「ハーブの薬屋《くすりや》さん」になることになったのです。

パパとママ

ゆうめいな演奏家《えんそうか》。コンサートをしながら世界中を旅《たび》している。ジャレットのじまんの両親《りょうしん》。

トパーズ

ジャレットのとおい親せき。心やさしいハーブ魔女で、薬づくりの天才《てんさい》。自分のあとどりにふさわしい相続人しか遺産をうけとれない「相続魔法」を、家と庭とレシピブックにかけてなくなった。

アン 女の子。ちょっぴりなまいき。オシャレさん。

ニップ 男の子。勇気《ゆうき》いっぱい。しっぱいもいっぱい。

チコ 男の子。頭《あたま》がよくて、しっかりもの。

ガーディ

「魔法の庭」の中央《ちゅうおう》にたつカエデの木の精霊《せいれい》。

「魔法の庭」のまもり神《がみ》で、相続人がきまるまで人間のすがたになり、トパーズ荘をまもってきた。

いまは木の中にもどり、ジャレットをあたたかく応援《おうえん》している。

レシピブック

ハーブ魔女《まじょ》トパーズがかきのこした本。370種類《しゅるい》のハーブ薬《やく》のつくり方《かた》がかいてある。ふしぎな魔法《まほう》がかかっていて、よむことができるのは、ジャレットただひとりだけ。しかも、魔女ではないジャレットには、よみたいと思ったページだけしか見えない。表紙《ひょうし》にはうつくしいピンクトパーズの宝石《ほうせき》がはめこまれている。

ジャレット

ハーブ魔女トパーズの遺産《いさん》を相続《そうぞく》した女の子。演奏旅行《えんそうりょこう》でいそがしい両親《りょうしん》とはなれ、トパーズ荘《そう》でひとりでくらしている。夢《ゆめ》はトパーズとおなじくらいりっぱなハーブの薬屋《くすりや》さんになること。

スー

ジャレットのともだち。「ビーハイブ・ホテル」のむすめ。

エイプリル

ジャレットのともだち。ピアノがうまい。

ベル 女の子。心やさしい、しんぱいや。

子ねこの足あと

ミール 男の子。マイペースなのんびりやさん。

ラム 男の子。優等生《ゆうとうせい》で、あまえんぼ。

1

パパとママ

村中を金色やオレンジ色にそめあげた季節《きせつ》は、あっという間にすぎていきました。秋という季節は、まるで早おくりして見るドラマのよう。はじまったかと思うと、もうおしまいになってしまいます。

村一番のにぎやかな通りも、いまでは風がふきぬけるたびに、みんな身《み》ぶるいして、コートのえりを立てていました。

そんな通りの雑貨屋《ざっかや》さんで、ジャレットは雑誌《ざっし》を手にとりました。それは『月刊《げっかん》クラシック』。クラシック音楽がすきな人のための雑誌《ざっし》です。表紙《ひょうし》には、ジャレットのパパとママの写真《しゃしん》がのっていました。ジャレットのパパとママは有名《ゆうめい》な演奏家《えんそうか》で、世界中《せかいじゅう》でコンサートをひらいているのです。

「すてきな写真だわ」

ジャレットは、じまんのパパとママがのった表紙をまぶしい気もちでながめました。そして雑誌をひらいて、一番はじめのページにのっているインタビューの記事《きじ》を読みはじめたのです。

インタビューでは、パパとママはいろいろな質問《しつもん》にこたえていました。

「世界中の街《まち》で、おふたりの演奏は大人気ですね。印象深《いんしょうぶか》かった街は？」とか、「いっしょにコンサートをしてみたい歌手《かしゅ》は？」とか、

My family

楽しい質問《しつもん》ばかりです。

けれど、そのページのさいごにかいてある質問を読んで、ジャレットはドキッとしました。それはこんな質問だったからです。

「クリスマスや一年のおわりは、コンサートにぴったりの季節《きせつ》ですね。世界中《せかいじゅう》のコンサートホールから『きてほしい』とラブコールがとどいているときいています。今年のクリスマス、つぎの新年はどの街《まち》でむかえる予定《よてい》ですか？」

そのこたえは、つぎのページです。ジャレットはページをめくろうとした手をとめました。

（つぎのページに、わたしが願《ねが》っている通りのことがかいてなくてもしかたがないわ。だって、世界中にパパとママをまっている人たちがいるんですもの）

手をとめたまま、ジャレットの顔はだんだんくもっていきます。それでもページをめくろうとした、そのときのことでした。店のドアがあいて、ききなれた声がジャレットの耳にとどいたのです。

「ジャレット」

雑貨屋《ざっかや》さんへ入ってきたのは、エイプリルでした。

ジャレットはあわてて雑誌《ざっし》をとじると、表紙《ひょうし》をかくすように、たなにもどしました。

「いまからトパーズ荘《そう》へいくところだったのよ。ジャレット、おかいもの？」

「いいえ、エイプリル。いま帰ろうと思っていたの。いっしょに帰りましょう。スーも、もうじきトパーズ荘へくるはずだから」

店をでるジャレットがふりかえると、ドライブのとちゅうで店に立ちよった見しらぬ人が『月刊《げっかん》クラシック』をレジにもっていくのが見えました。

（さいごの一さつだったのに……）

つぎのページでパパとママが何とこたえたのか、楽しい想像《そうぞう》をしてみることもできます。でもジャレットは、そうしませんでした。なぜって、がっかりするのはいやだと思ったからです。

2

三人の魔《ま》女《じょ》のうらない屋《や》さん

ジャレットとエイプリルがトパーズ荘《そう》にもどると、まもなくスーがやってきました。

きょうの三人には、とても大事《だいじ》な相談《そうだん》があるのです。

相談は、ジャレット、スー、エイプリルの「三人の魔女《まじょ》」の店のことでした。

今年、数年ぶりにひらかれることになった村の「冬のマーケット」でも、三人はそのお店をひらくことになったのです。

いままでも、タッジーマッジーや、ポプリ、ハーブののみものをつくって、みんなによろこばれてきました。

「今度《こんど》は何をつくったらいいかしら？」

ジャレットがそういうと、スーもエイプリルも腕《うで》ぐみをして、だまりこんでしまいます。

冬のマーケットには、クリスマスや新年の準備《じゅんび》と、冬のくらしを楽しむためのいろいろなものがならびます。どの店も、小さな村々の冬のマーケットをわたりあるいている楽しいお店ばかり。そこにまじって、村の人もじまんの野菜《やさい》やくだもの、手づくりのお菓子《かし》や小物《こもの》をならべるのです。

けれど、「三人の魔女《まじょ》」がお店をだすことがきまったのは、ついきのうのことでした。マーケットがひらかれるまで、もう一週間し

かないのです。これでは、時間をかけてかおりを熟《じゅく》成《せい》させるポプリや香水《こうすい》、石《せっ》けんを用意《ようい》する時間もありません。

「いまからつくって間に合うものをかんがえなくちゃ」

エイプリルが心配《しんぱい》そうにそういうと、ジャレットは少しかんがえてから、にっこりとわらいました。

「それなら、ハンドクリームやリップクリームはどうかしら？

さむい季節《きせつ》にもぴったりだわ」
それをきいて、エイプリルとスーはうれしそうにうなずきます。けれど、すぐにジャレットが顔をくもらせました。
「でも、たくさんつくるにはミツロウがたりないわ。こうなるとわかっていたら、たくさん用意《ようい》しておいたのだけれど。いまからミツロウを注文《ちゅうもん》しても間に合わないし……」

そういってジャレットがため息《いき》をつくと、またしばらく、みんなだまりこんでしまいます。

と、スーがきゅうにポンと手をたたきました。

「ねえ、ふたりとも。形《かたち》のある品物《しなもの》を用意《ようい》しようと思うから、間に合わないのよ。もし形のない品物なら、たとえマーケットがあしたでも間に合うわ」

そうきいて、ジャレットとエイプリルは顔を見あわせます。

「形のない品物ですって?」

するとスーは、大きくうなずいてから得意《とくい》げに、こういいました。

「たとえば、『お告《つ》げのことば』とかよ!」

そして、いま読んでいる本をふたりに見せたのです。それは『ノストラダムスの大予言《だいよげん》』という本でした。

「ノストラダムスってすごい予言者《よげんしゃ》なのよ。未来《みらい》が見えちゃうの。五百年も前の人なのに、いまのこの時代《じだい》のこともいろいろ予言してかきのこしているんだから！」

予言者というのは、まだ見たこともない未来のことをいいあてる人のことです。それは近い未来だったり、ノストラダムスのように何百年も先の未来のことだったりします。そして、予言の通りになるときもあれば、ぜんぜんそうならないときもたくさんありました。

スーは、いろいろな時代にすばらしい仕事《しごと》をなしとげた人の本を読むのが大すき。ノストラダムスも、そのひとりでした。彼《かれ》がのこしたふしぎなことばは、いまもたくさんの人の心をとりこにしているからです。そんなスーの思いがけないアイデアに、エイプリルも目をかがやかせます。

「おもしろそうね！　スー。それなら、『うらない屋《や》さん』をやったらどうかしら？　女の子はみんなすきだし、何ていっても、魔《ま》女《じょ》っぽいじゃない。ねえ、ジャレット」

そうきかれて、ジャレットも思わずうなずきました。でもそのあと、小さな声でこうつづけます。

「わたしたちに、うらないができるかしら？」

それでも、つぎの週末《しゅうまつ》にひらかれる冬のマーケットのために、いまから用意《ようい》できることといったら、そんな「形《かたち》のない品物《しなもの》」くらいしか思いつきません。

この日は、ノストラダムスのおもしろい話をスーからきいただけで、相談《そうだん》はおしまいになりました。

「つづきの相談は、またあしたね！」

そういって、スーとエイプリルが帰っていくと、子ねこたちがジャレットの足もとにあつまってきました。六ぴきとも、ふしぎそうにジャレットを見あげています。

「うらないって何なの？　ジャレット」

ジャレットは子ねこたちをにっこりと見わたしました。

「これからおこることをあらかじめ知《し》っておくことよ、子ねこたち。だれだって、これから何がおこるか、それがよいことなのか、悪

いことなのか、知《し》りたいものでしょ？」

すると、子ねこたちは顔を見あわせて、またふしぎそうな顔をするのでした。

「ううん、ぼくたち、少しも知りたくないよ、ジャレット」

「うらないなんて必要《ひつよう》ないわ、ジャレット」

「だって、あしたはぜったいに、きょうよりよい日なんだもの、ジャレット」

3

アライグマのロニー

その夜のこと。

しずかな庭《にわ》に、ノックの音がひびきました。

「お客《きゃく》さまかしら？」

ドアをあけると、一ぴきのアライグマが立っていました。

はずかしそうな顔でうつむいているアライグマに、ジャレットはやさしく話しかけます。

「いらっしゃいませ。お薬《くすり》の注文《ちゅうもん》ですか？」

するとアライグマはうなずいて、

やっとのことで話しはじめました。

「こんばんは、ジャレットさん。あの……、ぼくはロニーです。こちらで、よくきく薬《くすり》をつくってくれるそうですね。あの……、ぼくにもひとつ、つくってもらえませんか？」

もちろんジャレットは、にっこりとほほえみました。

「もちろんですとも、ロニー。さあ、トパーズ荘《そう》に入って、お話をきかせてくださいな。きっとぴったりのお薬をおつくりします」

そうきくと、ロニーはまるで重《おも》たい荷物《にもつ》をおろしたように、ホッ

とした顔になりました。そして、いすをすすめられると、ちょこんととびのって、すぐに、でも、つっかえながら話しはじめたのです。

「あの……、ぼくはとっても人見知《ひとみし》りで、はじめて会った人とは、なかなか話せないんです」

ロニーはトパーズ荘《そう》に何度《なんど》もやってきては、ドアをノックできずに帰ったことも話しました。それでも勇気《ゆうき》をふりしぼってノックしたのは、どうしても薬《くすり》が必要《ひつよう》だと思ったからです。それを知って、子ねこたちはじっとロニーを見あげました。

「いったい、どんなお薬が必要なの？　ロニー」

するとロニーは、すぐにこうこたえました。

「ぼくがほしいのは、『たくさんの友だちがつくれる薬』だよ、子ねこさん。そういうぼくになれる薬。いまの人見知りのぼくを変《か》え

てくれる薬《くすり》がほしいんだ」

ロニーは夢《ゆめ》を話すようにいっきにそう話しおえると、またはずかしそうに、うつむいてしまいました。

ロニーは、この森にひっこしてきたばかり。そうでなくても知《し》りあいがいないのに、人見知りであたらしい友だちがなかなかつくれなかったのです。

「おいらでよければ、友だちになるけどな、ロニー」

ニップがそういうと、ロニーはとてもうれしそうに

ほっぺを赤くしました。

「ありがとう、子ねこさん。
でもあの……、ぼくは、この
ままじゃあいけないって思って
いるんだ。このままじゃあ、
しあわせな動物《どうぶつ》になれないからね」

そうきいて、ジャレットは思わず
首をかしげます。

「しあわせな動物？」

すると、ロニーは大きくうなずい
たのです。

「あの……、ぼくが思うしあわせな動物《どうぶつ》は、友だちがたくさんいて、いつもだれかといっしょにいる動物。そしてあの……、毎日たくさんの動物がたずねてきたり、自分でもほうぼうたずねたりする、そんな動物がしあわせな動物だと思うんです」

ロニーはとてもしんけんに、そういう動物になりたいと思っていました。

「ロニーにお薬《くすり》をつくって
あげてよ、ジャレット」
子ねこたちにそういわれて、
ジャレットは少し困《こま》った
顔になりました。
「そうしたいけれど、『たくさん
の友だちができる薬《くすり》』はつくれないわ。
人の気もちを変《か》えさせるお薬はつくっては
いけないからよ。でも、だれかに話しかける勇気《ゆうき》が
でるように、応援《おうえん》する薬だったらつくれるわ。たとえば
『社交的《しゃこうてき》』な気もちになれるお薬はどうかしら？」

そうきいて、ロニーと子ねこはいっしょに、こういいます。

「シャコウテキって、どんな気もちのこと？」

「自分からすすんで人と会ったり、お話ししたり。そうすることを楽しめる気もちのことよ」

ジャレットがそう話すと、ロニーは目をかがやかせました。

「そんな気もちになれたら、人見知《ひとみし》りなぼくでも、きっと変《か》わるはずだ。あの……、ぜひその薬《くすり》をつくってください。あしたの朝、とりにきてもいいですか？」

そういって、ロニーは森へ帰っていったのです。

ロニーを見おくったあと、ジャレットはさっそくレシピブックを手にとりました。きょうはもう、たずねることもきまっています。

ジャレットはレシピブックの表紙《ひょうし》にはめこまれたハート型《がた》の宝石《ほうせき》を

じっと見つめて、こういいました。

「自分を変《か》えて、社交的《しゃこうてき》な気もちになれるお薬《くすり》が必要《ひつよう》なの」

するとまるで返事《へんじ》をするように、レシピブックの宝石《ほうせき》がキラリとかがやきました。あたらしいお薬《くすり》のレシピが読めるようになったしるしです。

ジャレットはうれしそうにほほえむと、ページをめくっていきました。

「このレシピだわ」

それは精油《せいゆ》をつかったアロマスプレーのレシピでした。精油というのは、ハーブのかおりやききめをとりだしてつくった濃《こ》い油《あぶら》のこと。エッセンシャルオイルともよばれています。

「かんたんなレシピね。これならすぐにつくれそう」

ジャレットがそういうと、子ねこたちもよろこびました。

「あしたの朝、ロニーにわたすことができそうだね、ジャレット。よかったなあ！」

それからジャレットは、すぐに材料《ざいりょう》をそろえました。

といっても、必要《ひつよう》なのは無水《むすい》エタノールと精製水《せいせいすい》、それに精油だけです。レシピにかいてある精油はふたつ。ジュニパーベリーとレモンでした。

ジュニパーベリーには、いままでとはちがう生き方をしようと決心《けっしん》したときや、何かをあたらしくはじめるときに、気もちをささえてくれるきめがあります。レモンは、気もちを積極的《せっきょくてき》にしてくれる精油《せいゆ》。社交的《しゃこうてき》になりたいときにはぴったりです。

ジャレットはまず、スプレーできるびんを用意《ようい》して、「無水《むすい》エタノール」というアルコールを入れました。

そこへ精油を入れてよくまぜます。つぎに「精製水《せいせいすい》」という、せいけつな水をそそぎいれ、ふたをきゅっとしめました。

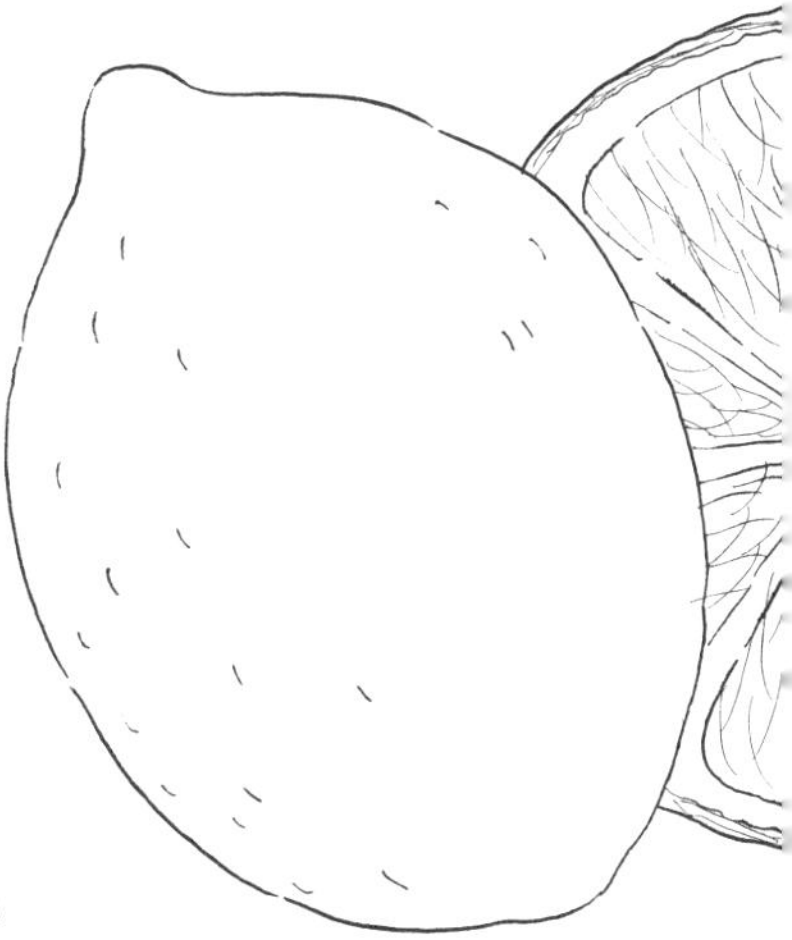

さいごに、それをよくふって、まぜあわせるのです。

こうしてできあがったスプレーをひとふきすると、あたりはたちまち、さわやかなかおりにつつまれました。

「いいかおりだね、ジャレット！　はやくロニーにわたしたいなあ」

「ききそうなかおりね、ジャレット。うきうきしちゃう」

子ねこたちは口ぐちにそういいます。

ジャレットもその夜は、はればれとした気もちで、ねむりにつくことができました。

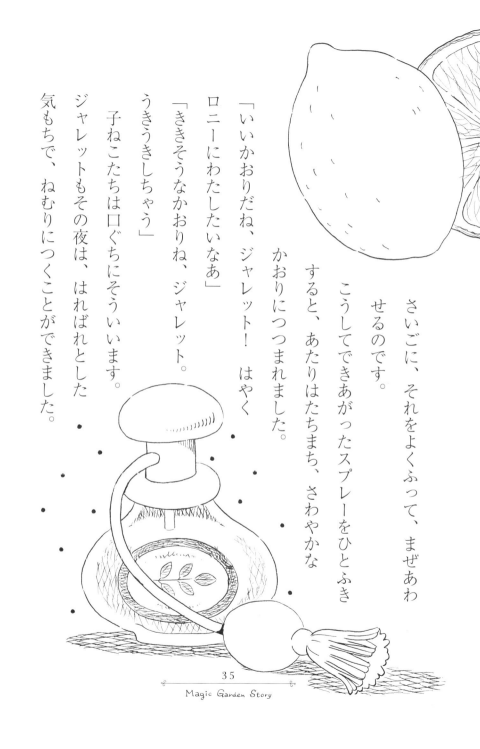

つぎの朝はやく。

魔法《まほう》の庭《にわ》をまだ霧《きり》がつつんでいる時間に、ロニーはやってきました。

「いらっしゃい、ロニー。これがあなたのお薬《くすり》よ」

ジャレットがかおりのスプレーをさしだすと、ロニーは大よろこびで受《う》けとりました。そしてまちきれないようすで、すぐにシュッとひとふき、自分の毛皮《けがわ》にふきかけたのです。

「やっぱり、いいにおい！」

そういったのはベルです。ほかの子ねこたちも、気もちよさそうに鼻《はな》をスンスンとうごかしました。

けれどロニーはというと、顔をしかめて目をパチパチとさせていたのです。それを見て、ジャレットはおどろきました。

「まあ、ロニー。このかおりがきらいなのね？　べつのお薬《くすり》をつくるわ」

けれど、ロニーは息《いき》をとめて、もうひとふき自分にふきかけました。そして、キリッとした顔でこういったのです。

「いいえ、あの……、とんでもない。ぼくはこれから自分を変《か》えようとしているのですから、これくらいなんでもありません」

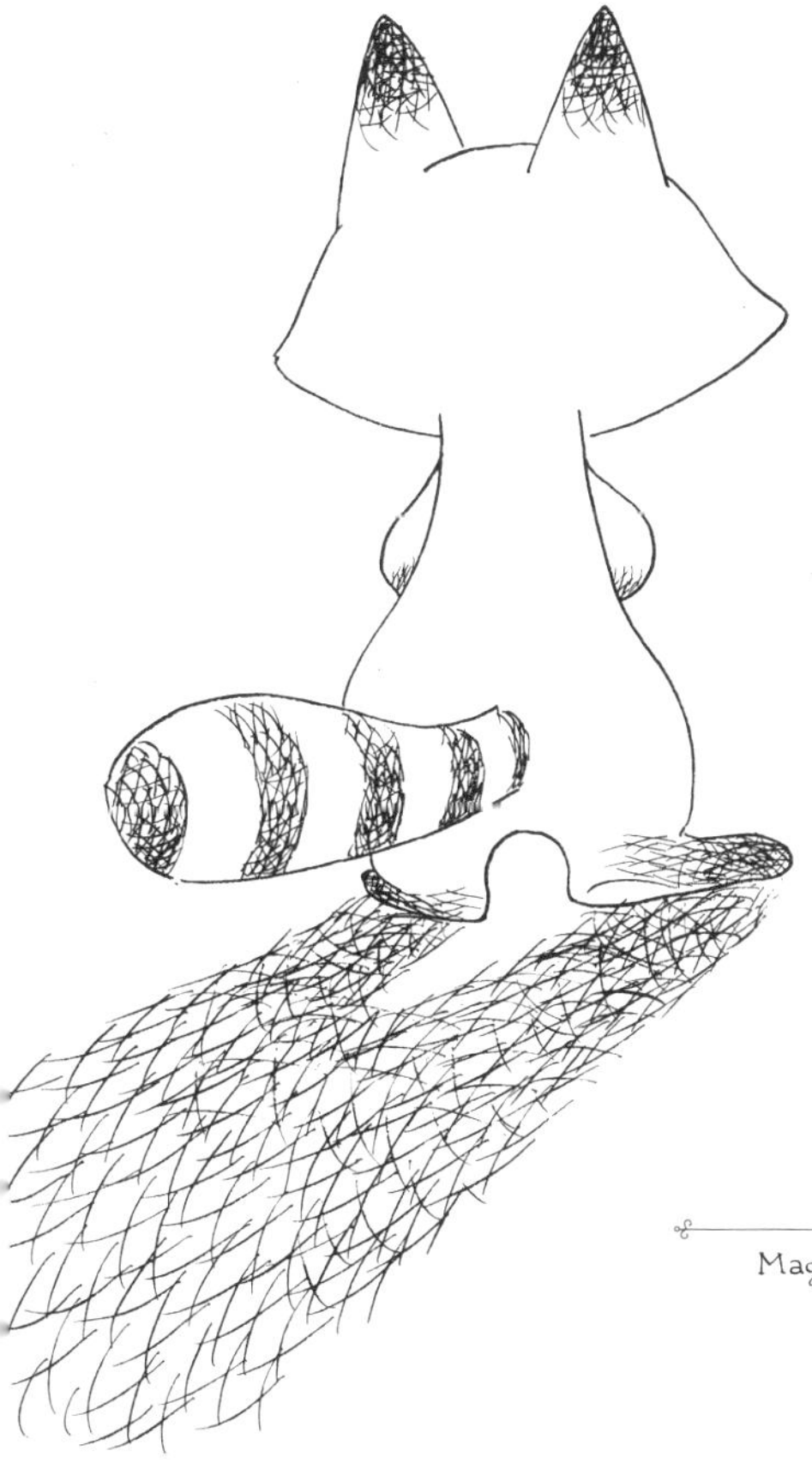

4

ロニーと薬《くすり》のききめ

ロニーが森へ帰っていってからしばらくしたころ、スーとエイプリルがやってきました。きょうも「三人の魔女《まじょ》の店」の相談《そうだん》をするのです。けれど、その相談をはじめる前に、スーはポケットから一まいのチラシをとりだしました。

チラシには「どんなこともピタリとあたるカードうらないルーナ」とかいてあります。

「ルーナって、きいたことがある名前だわ」

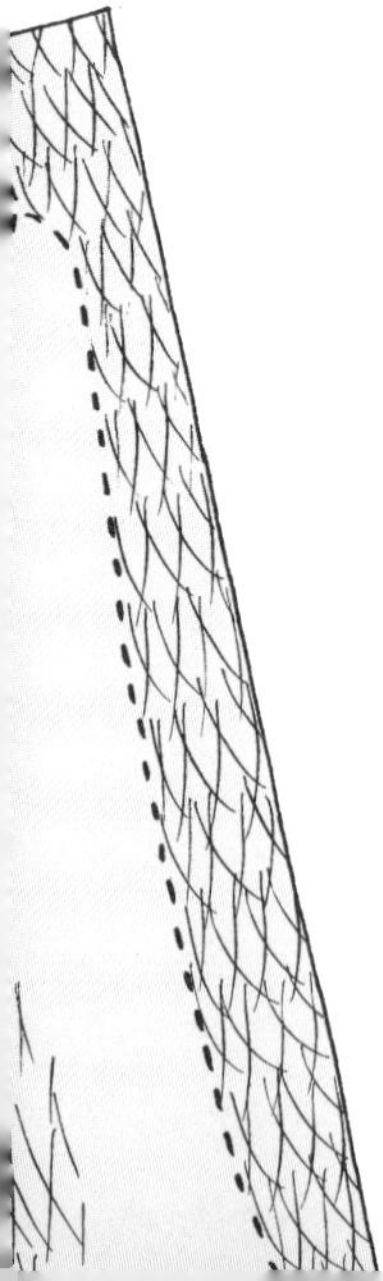

ジャレットがそういうと、エイプリルもチラシをのぞきこみました。

「有名《ゆうめい》なうらない師《し》よ。この村にくるの？」

目をかがやかせるふたりに、スーはじまんげにうなずきました。

「ルーナは、きょうからうちのホテルに泊《と》まるのよ」

スーは、この村でたった一軒《いっけん》のホテル「ビーハイブ・ホテル」のむすめです。ホテルの建物《たてもの》は、もともとは歴史《れきし》のあるりっぱなお屋敷《やしき》でした。

そのうつくしい建物に泊まろうと、有名なお客《きゃく》さまもやってきます。でも、ルーナはのんびりするためにやってくる

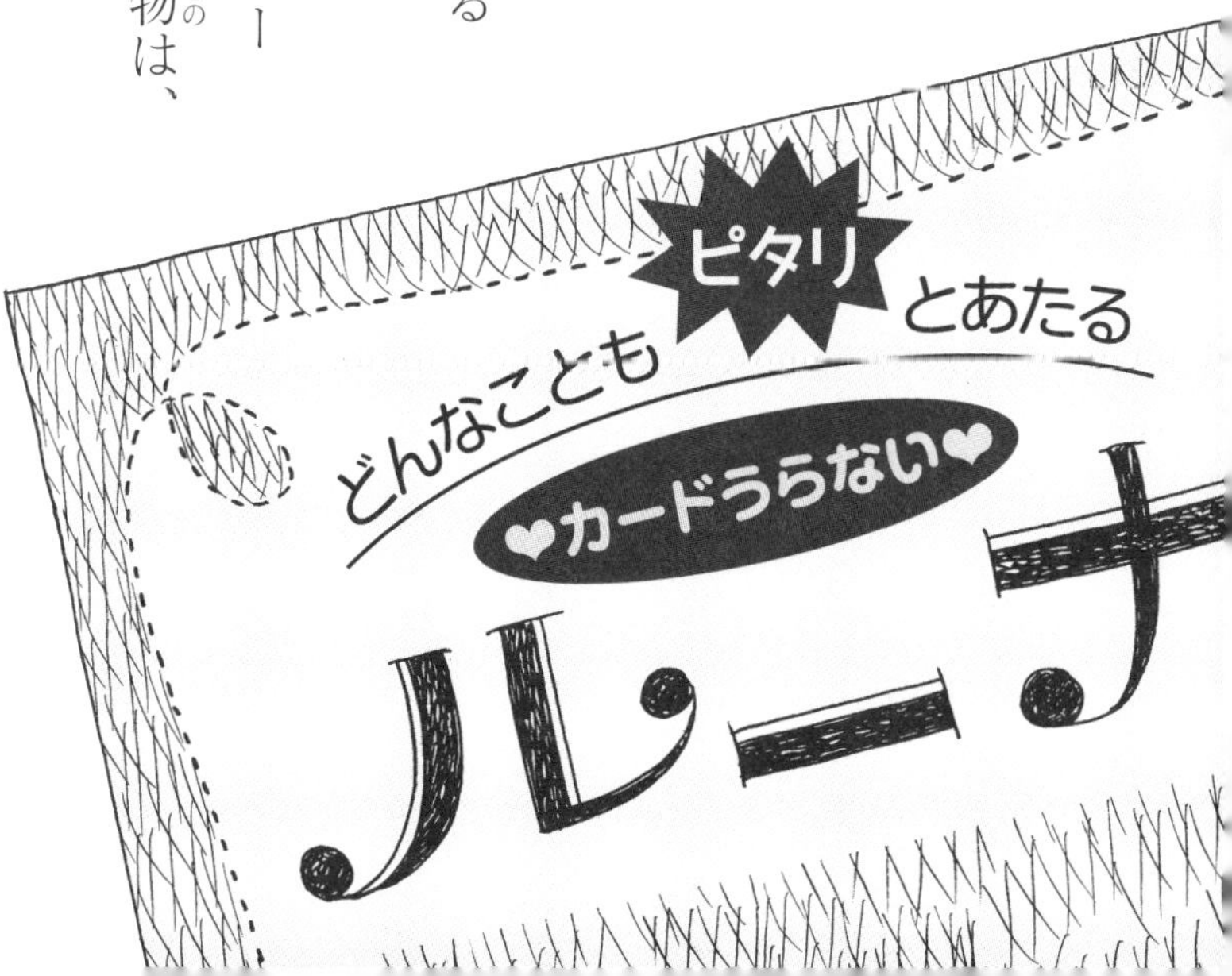

のではありません。
「冬のマーケットにルーナも店をだすんですって。
もちろんうらないの店よ。
ルーナはどんな人かしら。
ノストラダムスみたいに神秘的《しんぴてき》な人かもね。
ほんもののうらない師《し》に会えるなんて、楽しみだわ！」

そういって、
スーはかかえていた
本をひろげて、
ノストラダムスの顔が
かいてある絵をふたりに見せました。
わくわくしているスーのよこで、
エイプリルはため息《いき》をつきます。
「ほんもののうらない師《し》がマーケットにお店を
だすなら、わたしたち『三人の魔女《まじょ》』はもう、うらないのお店はだ
せないわね。またべつのアイデアをかんがえなくちゃ……。」
ジャレットはうなずきましたが、スーは少しもへこたれていませ
ん。

「ルーナはカードうらない師《し》よ。世《よ》の中《なか》には、ほかにもいろいろなうらないがあるでしょ。だから、あきらめなくてもだいじょうぶよ」

そして、こうつづけました。

「それよりふたりとも、ルーナにうらなってほしいと思わない？」

すると、エイプリルとジャレットの目がもう一度《いちど》かがやきます。

「うらなってほしい！」

それから、ルーナに何をうらなってもらいたいか、あれこれ話をするうちに、あっという間に時間がすぎていきました。

「三人の魔女《まじょ》の相談《そうだん》は、またあしたね」

その日も、そういってスーとエイプリルは帰っていきます。

三人の魔女が、冬のマーケットでどんなうらないをするのか、まだきまりそうもありません。

その夜のこと。

ベッドに入ろうとしていると、ききなれたノックの音がきこえてきました。

「きっとロニーだよ！」

子ねこたちはそういって、ドアまで走っていきます。そしてジャレットがドアをあけると、きのうより、もっとうつむいたロニーが立っていたのでした。

「まあ、ロニー。だいじょうぶ？」

ロニーは介抱《かいほう》される病人《びょうにん》のように
ジャレットにかかえられて、トパーズ荘《そう》に入りました。
そして、きょう一日、どんなことが
あったかを話しはじめたのです。
「あの……、今朝《けさ》もらったお薬《くすり》をふきかけて、

ぼく、がんばったんです。でも……」

けっきょく、話しかける勇気《ゆうき》がでなくて、木のうしろにかくれていたり、こっそりあとからついていったりするだけだった、と肩《かた》を落《お》としました。

「それでも一度《いちど》だけ、アライグマの女の子の目の前まで、いってみたけれど……」

そのときも、ひとことも話しかけられなくて、はずかしさのあまり、にげだしてしまったのでした。

「きっと、ぼくのことをへんなアライグマだと思ったにちがいありません。そのあとも、なんとかがんばろうと、スプレーをいっぱいふきかけたんです。そうしたら、かけすぎて頭がいたくなって……」

そういって、ロニーはうつむいて、なみだをふきました。

と、その首もとにすてきなネックレスがかかっていることに、子ねこたちが気がつきます。

それは、木の枝《えだ》をけずってつくったクローバーでした。

「やあ、すてきなネックレスだなあ。ロニーがつくったの？」

ほめられたロニーは、はじめてわらいました。

「うん。このつめが、こまかい彫刻《ちょうこく》に向《む》いているんだ。それにぼくは、ひとりでいることが多いからね。こうして木をけずるくらいしか、やることがないんだよ」

そういって、またため息《いき》をつきました。それから、ロニーはジャレットを見あげて、こうつづけたのです。

「ぼくは、こんな彫刻をする時間がなくなるくらい、社交的《しゃこうてき》な動物《どうぶつ》に変《か》わりたいんです。そうすれば、いまよりずっとしあわせになれると思うから」

そして、ジャレットにスプレーを返《かえ》しました。

「あの……、ききめがあった気はするけれど、ぼくには、まだまだ

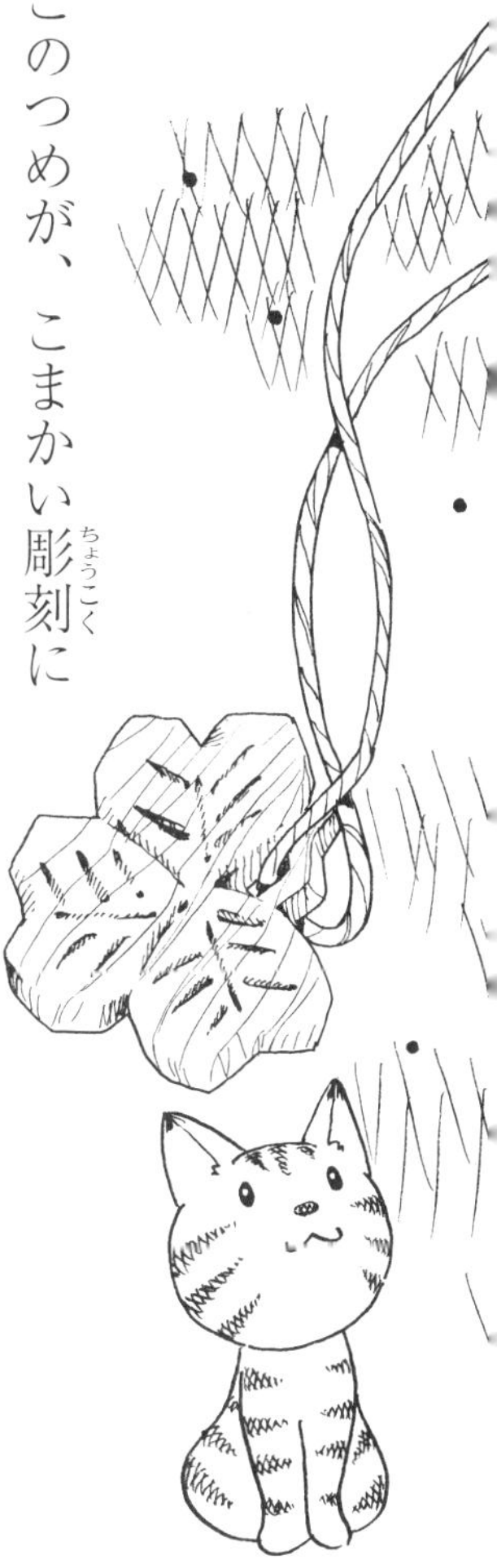

たりません。だから、もっときさめがでるように、このお薬《くすり》をうんと濃《こ》くしてくれませんか。このかおりは苦手《にがて》だけれど、がまんします。いまの何倍《なんばい》も強いかおりになるように、お薬をつくってください」

そう注文《ちゅうもん》して、ロニーはまた森に帰っていったのです。

ジャレットは手にしたスプレーを見つめると、すっかりかんがえこんでしまいました。

「かおりが強いほど、ききめが強いわけではないのだけれど……」

それに、ロニーがこのかおりを苦手だといったことも気になってなりません。

「こんなにいいかおりなのにね、ジャレット」

子ねこたちもふしぎそうに首をかしげるのでした。

5

うらない師《し》ルーナのふしぎな注文《ちゅうもん》

つぎの日。

トパーズ荘《そう》で、ジャレットとエイプリルがスーをまっていると、スーはすてきなわかい女性《じょせい》をつれてやってきました。

うらない師《し》のルーナです。

ルーナは、ほっそりとしたうつくしい女性でした。

きのうスーに見せてもらったノストラダムスの絵とは、どこもにていません。けれどそれでいて、どこかおなじような神秘的《しんぴてき》なよう

すをしていました。
「こんにちは、ジャレット、エイプリル」
にっこりとわらったルーナは、
とてもやさしそうに見えました。
「トパーズ荘《そう》は、すてきなお屋敷《やしき》ね。
むかし魔女《まじょ》が住《す》んでいたってきいたけれど、
想像《そうぞう》していた通りだわ」

トパーズ荘《そう》に見とれるルーナのよこで、スーがこういいました。

「ルーナは、ジャレットにお薬《くすり》を注文《ちゅうもん》したいんですって」

そうきいて、ジャレットとエイプリルは少しがっかりしました。

ルーナは三人をうらなうためにここへきたわけではなかったのです。

「ご注文は、どんなお薬ですか？　ルーナ」

ジャレットはそうたずねました。ルーナは元気いっぱいで、どこかが悪《わる》いようには見えなかったからです。

すると、ルーナはすぐにこうこたえました。

「わたしの注文は『自分のほんとうの気もちがわかる薬』よ」

そのふしぎな注文に、スー、エイプリル、ジャレットは顔を見あわせます。

「ルーナは自分の気もちがわからないの？」

エイプリルが思わずそうたずねると、スーもこうつづけました。

「人の気もちは、なかなか想像《そうぞう》できないときもあるけれど、自分の気もちがわからない人なんて、いるかしら？」

すると、ルーナは腰《こし》に手をあてて、三人を見わたしました。

「あら、たくさんいるのよ。人はあんがい、

自分のほんとうの気もちに気づいていないものなの」

そして、こうつづけます。

「だから、うらないの助《たす》けが必要《ひつよう》なのよ。うらないは心の底《そこ》にある『ほんとうの気もち』に気づかせてくれるから。これからどうしたらいいか、みんなわたしにたずねるけれど、そのこたえは、だれだって自分の心の底にちゃんとあるの。ただ、それに気づいていないだけなのよ」

そこまで話すと、ルーナはまた、にっこりとわらいました。

「わたしはカードうらないで、人の心の底《そこ》にあるほんとうの気もちをいいあてるのが得意《とくい》なの。でも、自分で自分をうらなうのはむずかしい。それで、かんじんの自分の気もちが、わたしにはときどきわからなくなるのよ」

そうきいても、三人はまだピンときませんでした。

そのようすを見て、ルーナはこんなことをいいだします。

「いまから三人をうらなってあげるわ。そうすれば、自分のほんとうの気もちが、

どんなに上手《じょうず》にかくれているか、すぐにわかるはずよ」

そういって、カードをとりだしたのです。

それは、ふしぎな絵がかいてあるうつくしいカードでした。

トランプのようにたばねたカードを何回かきってから、ルーナはその束《たば》をスーの目の前にさしだします。

「このカードで、スーのほんとうの気もちと、近い未来《みらい》のことがわかるのよ。さあ、二まいひいて」

6

ルーナのカードうらない

スーは、えいやっと二まいのカードをひきました。

それをルーナがテーブルの上にならべると、いよいよカードうらないのはじまりです。つぎにルーナは、のこったカードの束《たば》をテーブルにおいて、上から順《じゅん》にめくっては、スーが選《えら》んだカードのまわりにならべていきました。そうしているあいだに「なるほどね」とか、「おやおや」とか、ひとりごとをいったりします。

そういわれるたびに、スーのドキドキは高まっていくばかりです。

そしてついに、ルーナはスーをじっと見つめました。

「スーのいまの気もちは……、やらなくちゃならないことで、頭がいっぱい。自分ばかりがたいへんな思いをしてるって、思っているみたいね」

そういわれたスーは、ビクッとして、ピーンと背中《せなか》をそらしました。

スーのようすに満足《まんぞく》したルーナは、こうつづけます。

「そして、自分が役《やく》に立っているのか、自信《じしん》をなくしているみたい」

するとスーは、もじもじしながら、うなずきました。

「すごいわ、ルーナ。その通りよ」

スーは、家のホテルの仕事《しごと》をよく手伝《てつだ》っています。とくにクリスマスが近づいたいまごろは、一年でも一番いそがしい時期《じき》のひとつ。いろいろなことをママからたのまれます。用事《ようじ》はつぎからつぎにやってきて、やりきれなかったり、しっぱいしたりすることも少なくありませんでした。そうしているあいだに、大すきだったホテルの手伝《てつだ》いも、つらく感《かん》じるようになってきたのです。そんなスーに、ルーナはこうつづけました。

「でも、あなたのつらい気もちは、すぐにもと通りになるわ。自分で『やらなくちゃ』と思ったことを実行《じっこう》するのが、そのきっかけになるってカードが告《つ》げているもの。そして、あなたの未来《みらい》には……、駅《えき》が見える。そしてリボンのかかった箱《はこ》も」

未来の予言《よげん》のことばは、あいまいでよく意味《いみ》がわかりません。けれどスーは、うれしそうでした。なぞなぞのようなことばは、まるでノストラダムスの予言のようだったからです。

スーのつぎは、エイプリルの番《ばん》です。

エイプリルは、まるでコンクールにでるときのようなまじめな顔で、カードを二まいひきました。ルーナがカードをならべおえると、エイプリルはゴクンとのどを鳴《な》らします。

「エイプリルのいまの気もちはこうよ。ずっと努力《どりょく》してきたのに、

むくわれないことがあったようね。それで、もう努力《どりょく》する意味《いみ》がわからなくなってしまったみたい。だから、ちょっとなまけ者《もの》になってしまったのね」

そういわれて、エイプリルがハッと目を見ひらいたので、ジャレットはおどろきました。ルーナはこうつづけます。

「あなたは、そんな自分を、はずかしいと思っているのね」

エイプリルはまっ赤《か》になって、小さくうなずきました。

「その通りだわ、ルーナ」

最近《さいきん》、ピアノのコンクールでしっぱいしたエイプリルは、レッスンがきゅうにめんどうになって、ずる休みしていたからです。大事《だいじ》なレッスンを、どうしていやになったのか、自分でもわかりませんでした。そして、さぼったときの何ともいえない気もちの正体《しょうたい》も……。でも、ルーナのことばをきいて、それがいまハッキリとわかったのです。ルーナのことばは、まだつづきました。

「でもね、エイプリル。心配《しんぱい》しなくてもだいじょうぶって、カードが告《つ》げているわ。そして、あなたの未来《みらい》には、小さな手が見える。けんばんの上でうごいている手よ」

エイプリルへの予言《よげん》も、なぞめいて

いて、何のことやらわかりません。

そしていよいよ、ジャレットがカードをひく番《ばん》がやってきました。

ジャレットは深《ふか》く息《いき》をはきだしてから、カードを二まいひきぬきます。ルーナは、スーとエイプリルにやったときとおなじようにカードをならべ、おもしろそうに、全体《ぜんたい》を見わたしました。

「ジャレットのいまのほんとうの気もちは……『完璧《かんぺき》ではない』ことを気にしているようね。そして……、あら、よくないわ。そのことが、とげのように心にささって、なかなかぬけないみたい」

そういわれても、ジャレットは何も思いあたりませんでした。首

をかしげるジャレットに、ルーナはこうつづけます。

「でもね、これは大切《たいせつ》なことに気づくチャンスでもあるって、カードが告《つ》げているわ。あたってる？」

そういって、ルーナはジャレットをじっと見つめました。エイプリルとスーも見ています。ジャレットは、すっかり困《こま》ってしまいました。ルーナのうらないがあたっているとは思えなかったからです。

そして、気まずそうにこういいました。

「わたしはもちろん完璧《かんぺき》じゃないけれど、そのことを気にしたりしてないわ。ほんとうよ……ざんねんだけど……ええと、うらないは、あたっていないみたいだわ、ルーナ」

ところがルーナは少しも、ざんねんがったりしませんでした。それどころか、しずかにこういったのです。

「自分のほんとうの気もちには、なかなか気づけないものなのよ、ジャレット。でもね、これがあなたのほんとうの気もちなのは、まちがいないわ。だって、わたしのカードの前では、だれもうそをつくことができないんですもの」

そしてルーナはつぎに、ジャレットの近い未来《みらい》について語《かた》りました。

「ジャレットの未来には、お皿《さら》が見える。かさなったお皿。九まいかさなっているわ。それがジャレットにとって、意味《いみ》のあることなのよ、きっとね」

けれど、今度《こんど》もジャレットは、その意味《いみ》がまったくわかりません。

とまどうジャレットの目の前で、ルーナはテーブルにひろげていたカードをさっとあつめてトントンとたばねました。

「さあ、うらないはおしまいよ。これでわたしがどうして『自分の気もちがわかる薬《くすり》』を注文《ちゅうもん》したいか、わかったでしょ？　人はときどき、自分のほんとうの気もちがわからなくなるものなのよ」

そしてジャレットにもう一度《いちど》、薬《くすり》の注文《ちゅうもん》を念《ねん》おしすると、さっさと帰っていったのです。

ルーナを見おくった三人は、顔を見あわせました。

「やっぱりルーナは、すごいうらない師《し》ね」

スーがそういうと、エイプリルもうなずきました。

「カードうらないって、思っていたよりむずかしそうだったわ。わたしたちにできるうらないは、どんなうらないかしら？」

するとジャレットも、心配《しんぱい》そうに首をかしげます。

「三人の魔女《まじょ》のうらない屋《や》さん……、うまくいくといいけれど」

三人の魔女はいよいよ困《こま》っていました。冬のマーケットはもうすぐだというのに、自分たちにぴったりのうらないが、まだ見つからないのです。

7

ふたつのレシピ

「うらない屋《や》さんの相談《そうだん》、あしたこそしましょうね」
そういって帰っていくスーとエイプリルを、ジャレットはきょうも見おくりました。
そしてひとりになると、大きなため息《いき》をついたのです。
（『完璧《かんぺき》ではない』ってどういうことかしら？）
ルーナのことばがよみがえってきます。
（ルーナのふしぎなカードの前で

はだれもうそをつけないのなら、わたしは『完璧《かんぺき》ではない』ことを気にしているはずよね)

もちろん、いろいろなことが完璧ではない、とジャレットは思っていました。家のそうじも、お薬《くすり》の仕事《しごと》も、庭《にわ》の手入れも、子ねこたちのお世話《せわ》だって、じゅうぶんとはいえないかもしれません。

(……わたしはそのことを、もっと気にするべきなのかしら? せいいっぱいやっているだけじゃ、ダメなのかもしれないわ)

そう思うと、ジャレットの心は重《おも》くしずみます。ため息《いき》ばかりついているジャレットを心配《しんぱい》して、子ねこたちがあつまってきました。

「元気だして、ジャレット」

「ジャレットは完璧だよ」

そうはげまされても、ジャレットの気もちははれません。

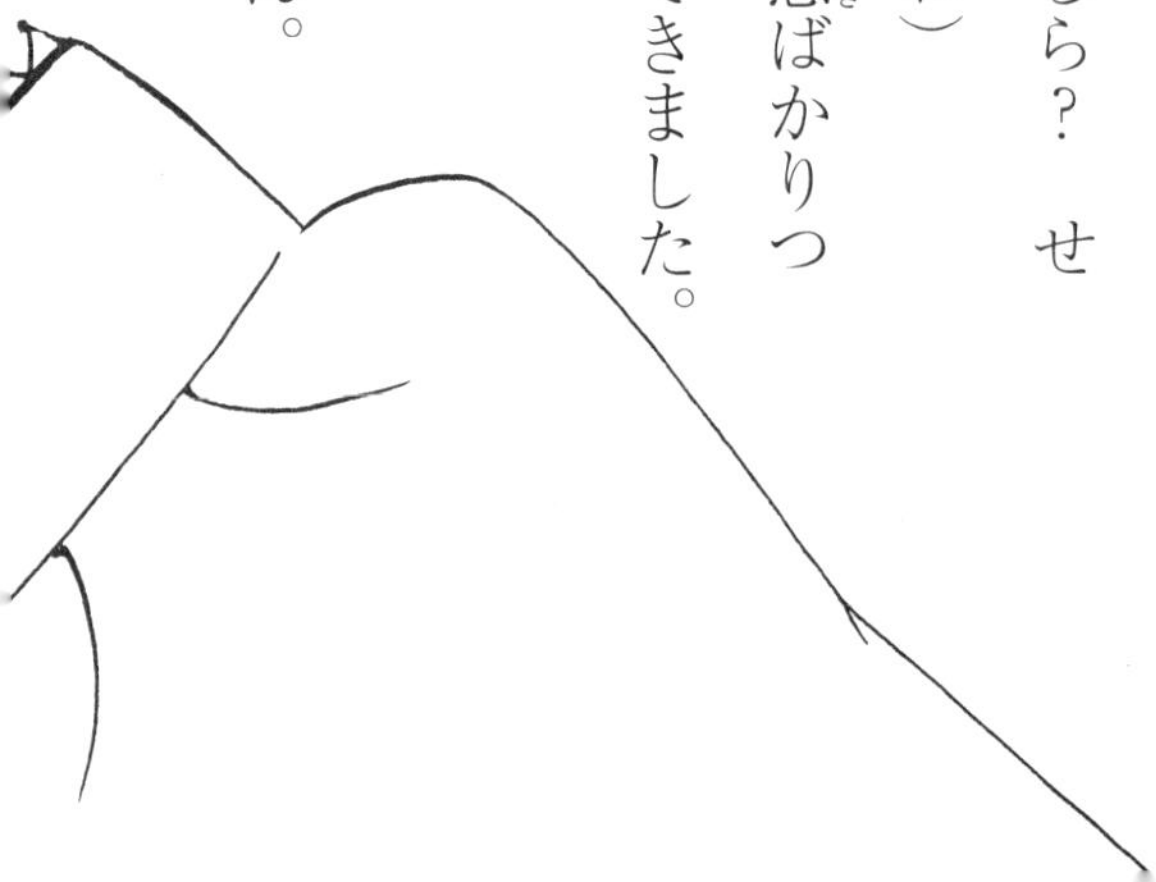

「何だか、落《お》ちこんじゃう……、どうしたらいいの？」

そういって、思わずテーブルに顔をふせ、腕《うで》を投《な》げだしたときのことでした。

その拍子《ひょうし》に、ジャレットののばした指《ゆび》の先が、テーブルにおいてあったレシピブックにぶつかったのです。

と、とつぜん、レシピブックの宝石《ほうせき》がキラリとかがやいて、ジャレットと子ねこたちをおどろかせました。

「いま、光ったよね？　ジャレット」

「そうね、ラム。何もたずねていないのに……」

レシピブックの宝石《ほうせき》が光るのは、ジャレットがお薬《くすり》のつくり方をたずねたときだけ。あたらしいお薬のレシピをさずけることを知《し》らせるかがやきなのです。

「レシピブックは、何を教えてくれるのかしら?」

そういってレシピブックをめくっていくと、あたらしく読めるようになったページは、すぐに見つかり

ました。

　そこにかいてあったのは「落《お》ちこんだときのレシピ」だったのです。

「そういえば、ジャレットはさっき『落ちこんじゃう、ジャレット、どうしたらいいの？』って、いわなかった？」

「レシピブックは、それを質問《しつもん》だと思ったんだよ、ジャレット」

　そういう子ねこたちに、ジャレットはにっこりとうなずきました。

「きっとそうね、子ねこたち。でも、トパーズがわたしを元気づけようとしてくれたみたいで、うれしいわ」

「それなら、このお薬《くすり》を自分のためにつくったら？　ジャレット、ジャレット」

もちろんジャレットはそうするつもりでした。

しかも、そこにかいてあるのは、精油《せいゆ》のかおりのききめを生かした、かんたんなレシピばかり。お湯《ゆ》をそそいだカップに精油を一てき落《お》としてかおりを立ちのぼらせるだけの、

すぐにできるレシピまであります。

けれど、レシピを読みすすむと、ジャレットは首をかしげました。

「このレシピ、どれも二通《ふた》りずつかいてあるわ」

レシピには「落《お》ちこんでいるとき」の気もちには二種類《しゅるい》あるとかいてあります。それで、レシピも二通りあるというわけなのです。といっても、ふたつのレシピは、つかう精油《せいゆ》がちがうだけで、つくり方や、つかい方はまったくおなじでした。

ひとつめは「落《お》ちこんでいるので、ひと休みしたいときのレシピ」で、ローズオットーをつかってつくります。ローズオットーは、つかれた心やつらい気もちをなぐさめてくれる精油《せいゆ》。そのかおりをかぐと、しあわせな気もちになるききめがあります。

ふたつめは「落ちこんでいるけれど、もう一度《いちど》チャレンジしたいときのレシピ」で、ローズオットーのかわりに、ジャスミンの精油

をつかってつくります。
「いまのわたしに必要《ひつよう》なのは、どっちのレシピかしら？」
すると、子ねこたちがふしぎそうに見あげました。
「お休みしたいのか、がんばりたいのか。
ふたつは正反対《せいはんたい》よ、ジャレット」
「自分のことなのにわからないの？
ジャレット」
それをきいて、ジャレットは
ルーナのことを思いだしました。
（自分の気もちがわからなくなる
ときって、ほんとうにあるものな
のね）

そしてはじめて、ルーナが「自分の気もちがわかる薬《くすり》」を注文《ちゅうもん》したわけがわかったのです。

「このままじゃあ、どっちのレシピにするか、きめられないわ」

困《こま》った顔でレシピのページをめくると、そんなときの「きめ方」が、かいてあるのを見つけました。

「どちらかわからないときには、ローズオットーとジャスミン両方《りょうほう》のかおりをかいで、いい気もちになったほうを選《えら》ぶことって、かいてあるわ」

そこでジャレットは、さっそくふたつの精油《せいゆ》を用意《ようい》します。

「でも、ローズもジャ

スミンも、きらいな人がいないかおりの代表《だいひょう》みたいなものよ。どちらかいっぽうがいいなんて、選《えら》べるかしら?」

そしてふたをとって、順《じゅん》にそのかおりをすいこんでみたのです。

すると、ジャレットはおどろきました。

「迷《まよ》うと思っていたのに、少しも迷わない。ジャスミンのかおりのほうが気もちがいいって、はっきりとわかるわ」

ジャスミンは、がんばりやさんを応援《おうえん》してくれる精油《せいゆ》。自分らしさを大事《だいじ》にして、自信《じしん》や元気をとりもどしてくれます。もう少しがんばりたいときに、かぎたくなるかおりなのです。

ジャレットは、さっそくティーカップにお湯《ゆ》をそそいで、ジャスミンの精油《せいゆ》を一てきたらしました。お湯からふんわりと立ちのぼるかおりを深《ふか》くすいこむと、さっきまでの落《お》ちこみがすうっと消《き》えていくのがわかります。

「わたし、まだもうひとがんばりしたいみたい！」

ジャレットがそういうと、子ねこたちもうれしくなりました。

「それはいいね、ジャレット」

「ロニーのために、もう一度《いちど》お薬《くすり》をつくりたいってことじゃないかな？　ジャレット」

そのことばに、ジャレットも元気よくうなずきます。そして今度《こんど》こそ、よくきく薬をロニーにつくってあげられそうな気がしてきたのです。

8

ロニーのほんとうの気もち

やる気をとりもどしたジャレットは、ロニーのために薬《くすり》をつくりなおそうと、レシピブックを手にとりました。

けれどそのとき、何をたずねたらいいのか、わからなくなってしまったのです。

「困《こま》ったわ。ロニーのなやみごとは一回めとおなじまま。おなじことをたずねても、レシピブックのこたえもおなじはずよ」

それに、ロニーの注文《ちゅうもん》も、べつ

の薬《くすり》の注文《ちゅうもん》ではありません。おなじ薬をもっと濃《こ》く、もっと強くかおるように、つくりなおしてほしいといっていました。

「精油《せいゆ》の分量《ぶんりょう》をふやせば、かおりを強くすることはできるけれど、それでいいのかしら？」

するとチコがこういって首をかしげます。

「一回めの薬がきかなかったのは、ほんとうに『うすかったから』なのかなあ？」

「そうね、チコ。薬《くすり》がきかなかったわけは、べつにあるのかもしれないわね」

ジャレットはそういって、深《ふか》く息《いき》をすいこみました。すると、部《へ》屋《や》にひろがっていたジャスミンのかおりを感《かん》じて、はげまされたような気もちになったのです。

そして、こんなかんがえが、うかんできたのでした。

「もしかしたら、ロニーもさっきのわたしみたいに、自分のほんとうの気もちがわからなくなっているのかもしれないわ。それで、自分には必要《ひつよう》のない薬、まとはずれな薬を注文《ちゅうもん》しているのかも……」

それなら、どうしてロニーに薬がきかなかったのかもわかります。

「ロニーに必要な薬は、きっとべつにあるんだわ。でも、それにはロニーのほんとうの気もちを知らなくちゃ。それがわかる方法《ほうほう》はないかしら？」

するとﾞ、ラムがこういいました。

「さっきのジャレットみたいに、かおりのかぎくらべをしてもらったら？」

チコもそれにうなずきました。

「ロニーが『いいかおり』って思えるのが、ロニーにとっての『いいお薬《くすり》』なのかもしれないよ、ジャレット」

ジャレットもその通りだと思いました。いまの自分にとって、ローズよりジャスミンがよいかおりだったように、きっとロニーにもぴったりのかおりがあるはずです。

「ロニーは前のお薬《くすり》のかおりを苦手《にがて》だっていっていたよね。おいらはすきだったけど」

ニップのことばに、ジャレットはかんがえこみました。

「たしかにそうね、ニップ。あのかおりには、自分を変《か》えて、社交的《しゃこうてき》になるききめがあるの。だから、あたらしい自分になろうとがんばったり、みんなと話をしたいときには、よいかおりと思えるはず。いやなにおいと感《かん》じたなら、ロニーはほんとうはそうなりたいと思っていなかったということだわ」

それをきいて、ベルは目をまるくしました。

「まあ！　じゃあロニーは、ほんとうはシャコウテキにならずに、ひとりぼっちでいたいって思っているの？　そんな動物《どうぶつ》、いるかしら？」

するとアンが手をなめながらこたえました。

「いるかもね。あたしだって、だれにもじゃまされずに、ひとりでひるねしたいときがあるもの」

すると、今度《こんど》はミールがつづけます。

「そうだけど、アン。ロニーはやっぱり友だちがほしいんだと思う。ただ、むりして自分を変《か》えてまで、シャコウテキになるのは、いやなんじゃないのかな」

そのとき、子ねこたちの話をきいていたジャレットの頭に、いいかんがえがうかびました。

「ロニーのほんとうの気もちはどっちかしら？　ひとりでいたいのか、自分を変えたくないのか。それはきっと、かおりが教えてくれるわ」

そういって、レシピブックにふたつの質問《しつもん》をすることにします。

ジャレットはまず、ひとつめの質問を声にだしました。

「ひとりでいることを楽しむかおりは？」

レシピブックはもちろんすぐに、そのレシピを教えてくれます。

それは、ネロリとティートリ

ーの精油《せいゆ》をブレンドしたオイルでした。

つぎに、ふたつめの質問《しつもん》をしてみます。

「いまのままの自分をすきになるかおりは？」

今度《こんど》もレシピブックの宝石《ほうせき》は、すぐにかがやきます。

レシピブックにかいてあったのは、プチグレンとラベンダーの精油のブレンドオイルでした。

ジャレットは、レシピブック通りの精油《せいゆ》を用意《ようい》すると、さっそく
ふたつのブレンドオイルをつくりはじめます。
「それをどうするの？　ジャレット」
「このふたつのかおりを、ロニーにかいで
もらうの。すきだったほうのかおりが、

ロニーのほんとうの気もちよ」
そしてどちらを選《えら》んでも、
ロニーがそのかおりをもって
帰れるように、あらかじめ両方《りょうほう》の
サシェをつくっておくことにしました。
まずはじめに、まるく切った布《ぬの》を用意《ようい》。
そのまん中にまるいコットンをおいて、ブレンド
オイルを二てきほどたらします。よいかおりになった
コットンを布できんちゃく型《がた》につつみ、上をリボンでしばれば、
かんたんなサシェのできあがりです。

つぎの朝。

いよいよ元気のないようすで、ロニーがやってきます。

「いらっしゃい、ロニー。きょうは、お薬《くすり》をわたす前に調《しら》べたいことがあるの。ロニーのほんとうの気もちを調べるのよ」

「ぼくのほんとうの気もち？」

とまどっているロニーの目の前に、ジャレットはふたつきのマグカップをふたつならべました。

ふたは、ティーバッグの紅茶《こうちゃ》をおいしくいれるためのものです。けれどきょうは、カップの中のかおりをにがさないためにつかっていました。カップの中には、お湯《ゆ》と、きのうつくったブレンドオイルが一てきずつ入っているのです。

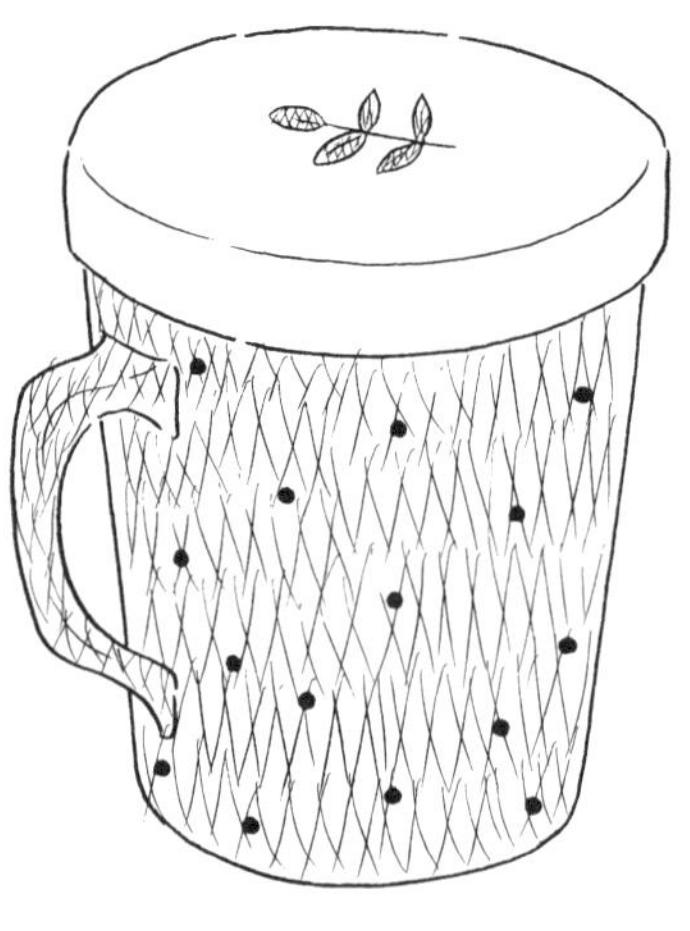

「どっちがいいかおりか、教えてほしいの」

そうして、ひとつめのマグカップのふたをあけました。ネロリとティートリーのかおりが、ふんわりと立ちのぼります。

ひとりでいることをさびしいと思わずに、楽しめる人が好《この》むかおりです。

ロニーはそのかおりを気もちよさそうにかぎました。

ジャレットはそのようすを見てから、ふたをカップにもどします。

それからもうひとつのマグカップのふたをあけました。ただよってきたのは、プチグレンとラベンダーのかおり。自分は自分とわり

きって、いまのままの自分をすきになりたいときに、いいかおりと感《かん》じます。このかおりがあたりをつつむと、ロニーは大きく深《しん》呼《こ》吸《きゅう》をしました。そして、見たこともないほど、しあわせそうな顔になったのです。

ジャレットには、ロニーがふたつめのかおりを選《えら》んだことがすぐにわかりました。

そして、それがどういうことなのか、ロニーに話そうとしたときのことです。ロニーはにっこりと顔をあげて、自分からこういったのでした。

「ジャレットさん、ぼくはだれも知《し》りあいのいない森にきて不《ふ》安《あん》

だったのかな。友だちをたくさんつくらなくちゃしあわせになれないと思いこんでしまいました。でもその気もちがいま、すっと消《き》えた気がするんです」

それから、はればれとした声で、こうつづけます。

「ぼくには、たくさんの友だちは必要《ひつよう》ありません。むりして社交的《しゃこうてき》になるより、ぼくと友だちになりたいと思ってくれる、ほんの少し

の動物《どうぶつ》と知《し》りあえれば、じゅうぶんしあわせだと思います。このかおりをかぐと、そんな友だちができそうな気がする。たとえできなくても、ひとりで木をけずっている時間も、ほんとうはとてもすきなんです」

そのことばをきいて、ジャレットも子ねこたちも、心があたたかくなりました。

「ジャレットさん、ぼくのほんとうの気もちに気づかせてくれてありがとう。このサシェのかおりは、おまもりにします」

そういって、ロニーは今度《こんど》こそ満足《まんぞく》して、森に帰っていったのでした。

9

自分のほんとうの気もちがわかる薬《くすり》

　ロニーを見おくったジャレットは、うれしい気もちでいっぱいでした。ハーブの薬《くすり》が役《やく》に立ったこと、そして何より、ロニーのほんとうの気もちに気づいてあげられたことがうれしかったのです。

「だれだって、ときどき、自分のほんとうの気もちを見うしなってしまう。それはとくべつなことじゃなくて、よくあることなのかもしれないわ」

　ジャレットがそうかんがえてい

ると、ニップがこういいました。

「ルーナのお薬《くすり》の注文《ちゅうもん》はどうするのさ、ジャレット」

「まあ、ニップ。すっかりわすれていたわ」

ルーナの注文は「自分のほんとうの気もちがわかる薬」。

それはむずかしい注文でした。けれどジャレットは、少しもあわてません。いまはもう、ほんとうの気もちの見つけ方を知《し》っているからです。

「だいじょうぶよ。そのお薬ならすぐにつくれるわ。だって、ルーナはこういったでしょ？」

そして、ルーナのようすをまねて、こうつづけました。

「わたしのカードの前では、だれもうそをつくことができないのよ」

それからジャレットにもどると、今度《こんど》はこういいます。

「頭の中で、ほんとうの気もちとあべこべのことを思っていても、どのかおりをいいかおりと感《かん》じるかは、ほんとうの気もちがきめるの。だから、かおりの前でも、だれもうそをつくことはできないのよ！」

そして、ルーナの注文《ちゅうもん》にこたえるために、レシピブックを手にとったのです。

「人の気もちはいろいろあるけれど、ルーナがよく感《かん》じていそうな気もちは、どんな種類《しゅるい》の気もちかしら？」

ジャレットはそうかんがえながら、レシピブックに六つの質問《しつもん》をしました。

「がんばりすぎているときにかぎたいかおりは？」とか「くよくよしちゃうときに立ちなおれるかおりは？」という具合《ぐあい》にです。

そうして、六種類のかおりをレシピブックに教えてもらいました。

ひとつめのかおりは、「オレンジとマジョラム」。

がんばりすぎているときに、いいなと感《かん》じるかおりです。すごくおこったり、いそがしすぎたり、きんちょうしているときにもききめがあります。

このかおりをすいこめば、リラックスして、落《お》ちつきをとりもどすことができるからです。

ふたつめのかおりは、「ラベンダーとパチュリ」。

イライラしているとき

に好《この》ましく感《かん》じるかおりです。人からどう思われているか気になったり、もっとがんばらなくちゃダメと思いこんだりする気もちを消《け》してくれます。ありのままの自分をすきになれるかおりです。

三つめは「イランイラン」。自分の気もちをかくして、がまんしているときにすきになるかおりです。まわりからの期《き》待《たい》におしつぶされそうなときにも、はげましになります。

四つめは「ティートリーとユーカリ」。

このままでいいのかしら？　と迷《まよ》っているときに応援《おうえん》してくれるかおりです。自信《じしん》をもってつぎのステップに進《すす》んだり、自分のかんがえを信《しん》じたいときに、ききめを発揮《はっき》してくれます。

五つめは「サンダルウッド」。
なかなか頭からはなれないよくないかんがえを追《お》いはらったり、

しっぱいにくよくよせずに立ちなおりたいときにいいかおりと感《かん》じます。不安《ふあん》な気もちを消《け》してくれる効果《こうか》のあるかおりです。

六つめのかおりは「レモン」。

かんがえすぎてごちゃごちゃになった頭をスッキリさせてくれるかおり。あせっているときほど、このかおりを好《この》ましく感じます。

こうしなくちゃ、ああしなくちゃという気もちをわすれさせてくれる効果もあります。

ジャレットはまず、この六つのかおりをつくるのに必要《ひつよう》な精油《せいゆ》を用意《ようい》しました。

それから、小さなあきびんにコットンを入れ、そこにそれぞれのかおりを二てきずつたらしていくのです。六つのかおりのほかに、ジャレットはあとふたつ用意しました。それは、ローズとジャスミンのかおりです。

こうして、八つのかおりを小さなガラスの小びんに入れおわると、ふたをきゅっとしめて、かおりを封《ふう》じこめました。さいごに小びんに番号《ばんごう》のシールをはれば、ルーナの注文《ちゅうもん》したお薬《くすり》のできあがりです。

八本の小びんがおさまる木の箱《はこ》を用意して、そこにきれいなカードをそえました。そのカードには、かおりの番号と、そのかおりを好《この》ましいと思うときの気もちがかいてあります。

どのかおりを「いいかおり」と感《かん》じるかは、そのときしだい。選《えら》んだかおりで、そのときのほんとうの気もちがわかるのです。

さいごに木箱《きばこ》の口金《くちがね》をパチンとしめると、ジャレットはふうっと息《いき》をはきました。

「これでルーナは、いつでも自分の気もちがわかるはずよ。注文《ちゅうもん》通りのお薬《くすり》ができあがったわ」

10

うらない師《し》ルーナと三人の魔女《まじょ》の店

びんとカードをつめた木の箱《はこ》をもって庭《にわ》にでると、こちらにやってくるスーとエイプリルが見えました。

「ルーナの注文《ちゅうもん》したお薬《くすり》ができあがったのよ」

ジャレットがそういうと、ふたりは目を見ひらきました。

「自分の気もちがわかるお薬なんて、ほんとうにあるの？　ジャレット」

そういって、それがどんな薬なのか知《し》りたがります。ジャレットはそんなふたりといっしょに、ルーナが宿泊《しゅくはく》しているビーハイブ・ホテルへと向《む》かいました。

ルーナの部屋《へや》は、ビーハイブ・ホテルの中でも、もっとも気もちのよい部屋のひとつでした。空までつづく丘《おか》を見わたせる大きなフランス窓《まど》があるからです。そんな部屋に、ルーナは大よろこびで三人をむかえてくれました。

「まっていたわ、ジャレット。わたしが注文《ちゅうもん》したお薬《くすり》を見せてちょうだい」

「さあ、どうぞ、ルーナ」

ジャレットは、木箱《きばこ》の口金《くちがね》をはずしてふたをあけました。ルーナはずらりとならんだ八本の小びんを見て、わあっと声をあげます。

けれど、どの小びんも綿《わた》が入っただけのあきびんなのを知《し》ると、首をかしげました。

「これが、自分のほんとうの気もちがわかるお薬《くすり》なの？」

そういったのはスーでした。エイプリルも、なんだかがっかりしていました。そのとなりで、ジャレットは胸《むね》をはりました。

「そうよ、スー。でも、これはお薬っていうより、ルーナのカードみたいなものね」

ジャレットはそういってから、ルーナをじっと見あげました。

「このびんの中のかおりを、ひとつずつかいでみて。そして、一番気もちがよいかおりを選《えら》んでほしいの」

ルーナは、はじめはめんどうくさそうに、びんのふたをあけて鼻《はな》を近づけました。

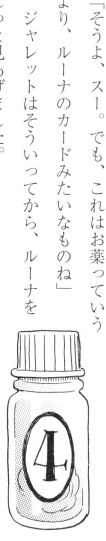

けれど、二本め、三本めと、だんだんしんけんな顔つきになっていったのです。そして、一回かぐごとに、うなずいたり、首をよこにふったりするようになりました。

「気もちのよいかおりと、そうでもないかおりがあるのね」

そういいながら、すべてのかおりをかぎおわると、ルーナは少しかんがえてから、ひとつのびんをつまみあげました。

「いまは、このかおりが一番すきよ」
それは、四番のかおり。
ジャレットはうなずくと、四番のかおりの説明《せつめい》をはじめました。
「このかおりは『ティートリーとユーカリ』よ。このかおりをすきって思うときは、あたらしいことにチャレンジしたい気もちなの。いま、ルーナにはチャレンジしようかどうしようかと、迷《まよ》っていることがあるはずよ。でも、いまこそチャンス。ルーナの心は、自分を信《しん》じてチャレンジしたいってさけんでいるわ」

ジャレットのことばをききおわると、ルーナは目を見はりました。

そして、はればれとした笑顔《えがお》を見せたのです。

「その通りよ、ジャレット！　わたしは自分がそう思っていることに、ずっと気づかないふりをしていただけ。かおりがわたしのほんとうの気もちを教えてくれたのね」

このようすに、そこにいたスーとエイプリルもびっくりします。

「まるで魔法《まほう》か、うらないみたいだわ」

そういうスーに、ジャレットはすまして、こういいました。

「ルーナのカードの前ではだれもうそはつけないけれど、ハーブのかおりの前でも、だれもうそはつけないのよ」

そうきくと、エイプリルがポンと手をたたいて、こうさけんだのです。

「三人の魔女《まじょ》の店で、この『かおりうらない』をやりましょうよ！」

「大さんせい！」

と、すぐにそういったのは、スーと

ジャレットだけではありませんでした。

ルーナもいっしょにいったので、三人はおどろきます。

ルーナは三人を両腕《りょううで》にだきよせると、にっこりとわらいました。

「とてもすてきなアイデアだわ。わたしのうらないのテントのとなりで、ぜひやってちょうだい。『うらない師《し》ルーナと三人の魔女《まじょ》の店』よ」

その店の名前をきいて、三人の目はかがやきました。

「すてき！」

それから四人は、さっそくお店の相談《そうだん》をはじめます。みんなが思いえがいたそのお店は、こんなふうでした。

お客《きゃく》さまはまず、八つのかおりから一番すきなかおりを選《えら》びます。そうしていまの「自分のほんとうの気もち」を三人の魔女《まじょ》から告《つ》げられるのです。そのかおりにつつまれながら、いよいよルーナのカードうらないがはじまります。ルーナは、カードとかおりが告げるお客さまの気もちを、さらにズバリといいあててアドバイス。さいごに、未来《みらい》のことを神秘的《しんぴてき》なことばで告げてはげましします。

「とてもすてきなうらないじゃなくって⁉」

ルーナがそういうと、三人も大きくうなずきました。

「かおりを選んでもらうとき、あきびんじゃなくて、かおりのついたカードをつかったらどうかしら？」

エイプリルがそういうと、スーも身《み》をのりだしました。

「そうね、すきなかおりのカードを一まい選《えら》んでもらいましょうよ。そのほうが魔女《まじょ》っぽいもの」

そのアイデアに、ジャレットもうなずきます。

「カードなら、いまからでもつくれるわ。あしたから準備《じゅんび》をはじめましょう」

冬のマーケットまであと三日。じゅうぶん間に合いそうです。

11

ルーナのうらないはあたった？

つぎの日から、三人はかおりのカードづくりをはじめました。かおりはルーナのために選《えら》んだ八つのかおりをつかいます。

「かおりをしみこませるのに一番いい紙は何かしら」

スーにそうたずねられて、ジャレットが戸だなからとりだしたのは細長い紙の束《たば》でした。一センチほどのはばで十五センチの長さがあります。

「これはムエットっていう紙よ。

かおりをしみこませる専用《せんよう》の紙なの」

専用の紙があるときいて、スーとエイプリルはおどろきました。

ムエットに精油《せいゆ》を少したらしてみると、とてもよくすいこみます。

それに段《だん》ボールのような紙のにおいもまったくしませんでした。

「でも、これじゃあ細すぎてカードとはよべないわ」

エイプリルがざんねんそうにいうと、ジャレットもうなずきます。

「においのない紙なら、ムエットでなくてもだいじょうぶ。ちょっと厚《あつ》くて、精油をちゃんとすいこめる紙をみんなで選《えら》びましょう」

それから三人は、ムエットのかわりにする紙選びをはじめました。

ケント紙や画用紙《がようし》、ハガキにつかう紙、いくつかの紙に精油をたらしてぴったりの紙を選ぶのです。

そして、選んだ紙をルーナのカードとおなじサイズに切りました。

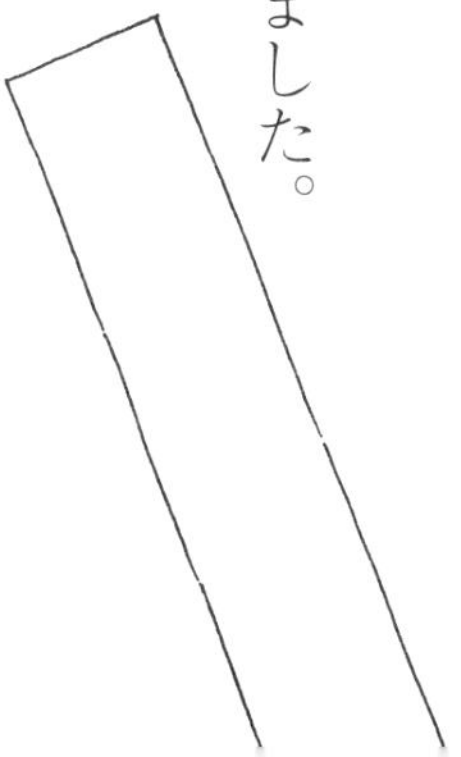

「カードに精油《せいゆ》の名前をかくのはどうかしら？　それぞれちがう色のきれいなインクでかけば、きれいなカードになるわ」

「すてきなアイデアね」

そう話しながら、三人はカードを仕上《しあ》げていきました。かわいらしいピンク色のインクや、金や銀《ぎん》のまじったきらきらのインク。空色やしぶい茶色……。それぞれのかおりのイメージに合わせて、カードに名前をかいていきます。そうしてさいごに精油を二てきずつしみこませました。

できあがったカードは、それぞれのかおりがまじりあわないように、べつべつのふくろに入れておきます。

この楽しいカードづくりのあいだ、三人はいろいろなおしゃべりをしました。その中でも一番おもしろかったのは、「ルーナのうらないが、ほんとうにあたった！」という話です。

それは、エイプリルのこんなことばからはじまりました。

「わたし、ルーナのうらないの通りになったのよ」

エイプリルは、ピアノのコンクールでしっぱいして以来《いらい》、レッスンをなまけるようになり、そういう自分をきらいになりかけていました。

そんなときに、ルーナはエイプリルのほんとうの気もちをズバリといいあてたのです。そのことをスーもジャレットも覚《おぼ》えていました。

「いいあてられて、はずかしかったけれど、またすぐにきちんと練《れん》習《しゅう》をはじめようという気もちにはなれなかったの。でもそのあと、ふしぎなことがおこったのよ」

エイプリルの家のとなりに住《す》む女の子が、ピアノを教えてほしいとたずねてきたというのです。その女の子は、エイプリルのひくピアノの音色《ねいろ》を毎日きくうちに、エイプリルにあこがれて、自分もピアノをひきたいと思うようになったといいました。もちろんエイプリルはよろこんで女の子を家にまねきいれ、ピアノの前にすわらせました。そして、その小さな手がけんばんの上にのったとき、ハッとなったのです。

「ルーナのうらないの通りだ、って思ったわ。わたしの未来《みらい》に『小さな手がけんばんの上でうごくのが見える』って……、

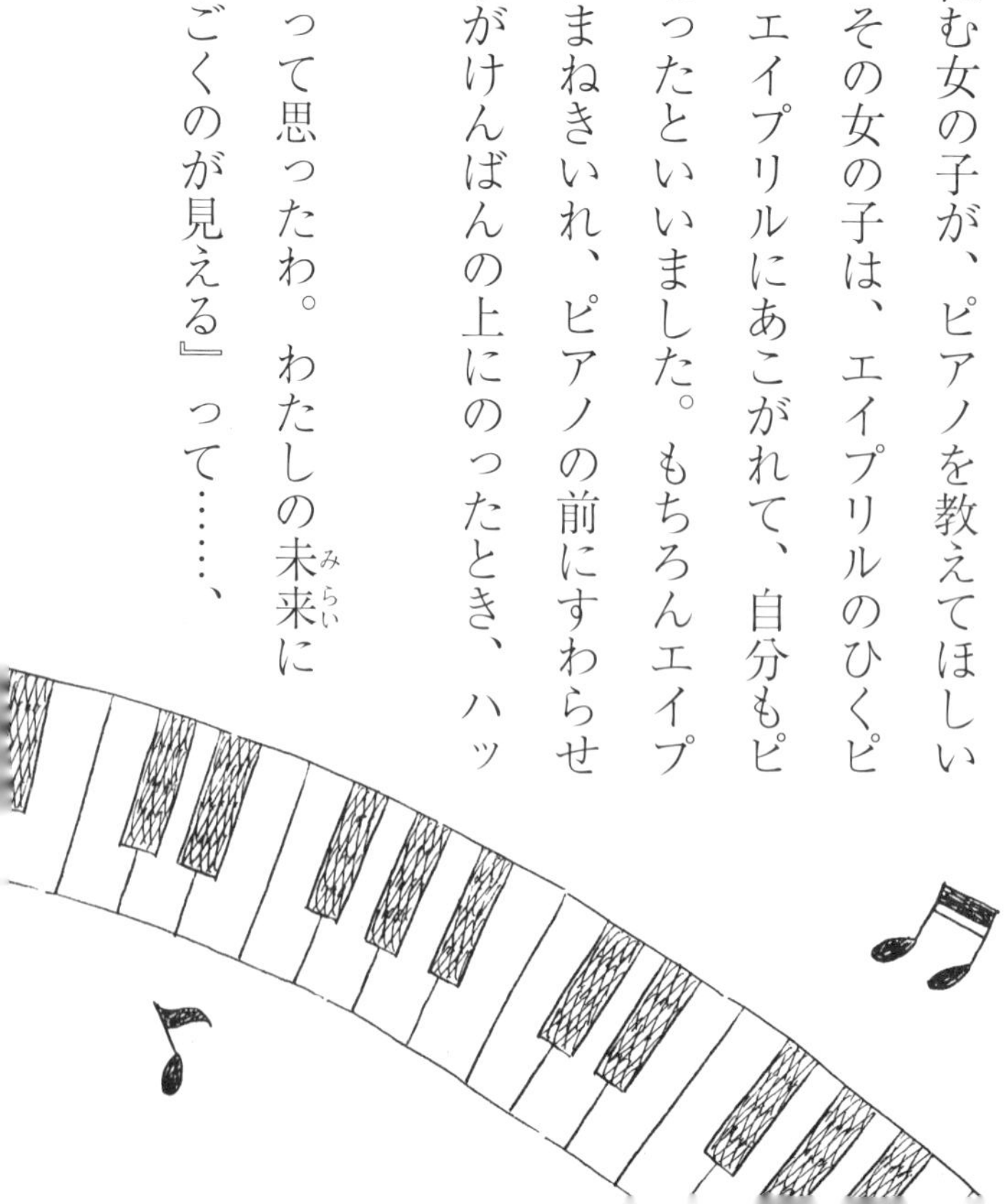

ルーナはそういったでしょ？」

ジャレットとスーは、息《いき》をのんでうなずきます。

するとエイプリルは、はずかしそうにわらいました。

「それから、自分がはじめてピアノをひいたときのことを思いだしたの。おなじくらい小さな手だったころのことよ」

そして、胸《むね》に手をあてて、こうつづけたのです。

「その日の気もちを思いだしたら、すごく練習《れんしゅう》をしたくなったわ。少しでも上手《じょうず》になりたいと思っていた気もちがよみがえってきたの」

そういうエイプリルを、ジャレットは笑顔《えがお》で見つめました。

「すてきだわ、エイプリル」

「エイプリル、がんばって！」

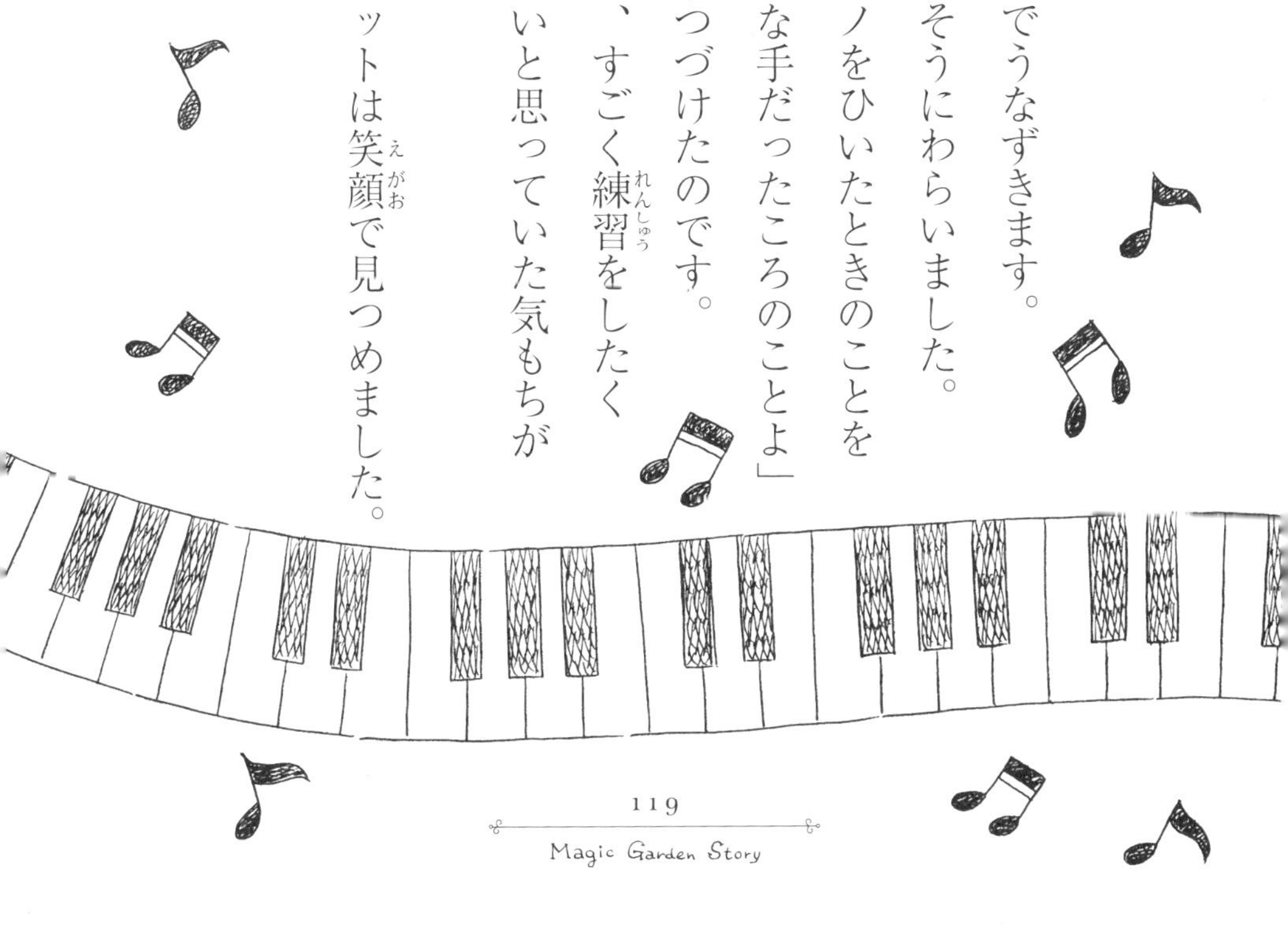

スーもそう応援《おうえん》したあと、まじめな顔で、せきばらいします。

「じつはね、わたしのうらないもあたったのよ」

といって、スーは自分の話をはじめました。

クリスマスでこみあうホテルの手伝《てつだ》いにうんざりしていたスーは、その気もちをルーナにずばりといいあてられていました。自分でやらなくちゃと思ったことをやるのが、自信《じしん》をとりもどすきっかけになる、という話も、エイプリルとジャレットはいっしょにきいていました。

「でもね、たのまれたことを手伝うだけでせいいっぱい。自分で何かかんがえるなんて、できるわけないって思っていたの。そうしたら、ふしぎなことがあったのよ」

スーはその日、お客《きゃく》さまが帰ったあとの部屋《へや》のそうじを手伝っていました。そしてクローゼットに、リボンのかかった箱《はこ》がおいてあるのを見つけたのです。わすれものにちがいありません。しかも、プレゼントです。

はやくお客《きゃく》さまにとどけなくちゃ、とスーは大あわて。けれど、ホテルのスタッフやママはいそがしくて、わすれものは、あとまわしということになりました。そのときスーの頭の中で、いろいろな想像《そうぞう》がうかびあがります。このプレゼントは今晩《こんばん》必要《ひつよう》かもしれないとか、すごくとくべつな日のプレゼントかも、とか。そうかんがえると、

いても立ってもいられなくなりました。そして自転車《じてんしゃ》にのって駅《えき》まで全速力《ぜんそくりょく》でこいだのです。そうしながら、スーはハッとなりました。

「駅と箱《はこ》。ルーナはそういったでしょ？」

スーがそういうと、ふたりともおどろいてうなずきました。

スーが駅につくと、お客《きゃく》さまは、いまにも列車《れっしゃ》にのるところでした。けれど、スーが手にした箱を見て、大あわてで走りよってきたのです。

息《いき》を切らして箱をさしだすスーに、お客さまは感動《かんどう》したようすでお礼《れい》をいいました。

「何て親切《しんせつ》なんでしょう。ほんとうにありがとう。このことはわすれませんよ。またきっと泊《と》まりにきますね」

そのことばをきいて、スーは心の雲《くも》がはれていくのを感《かん》じました。

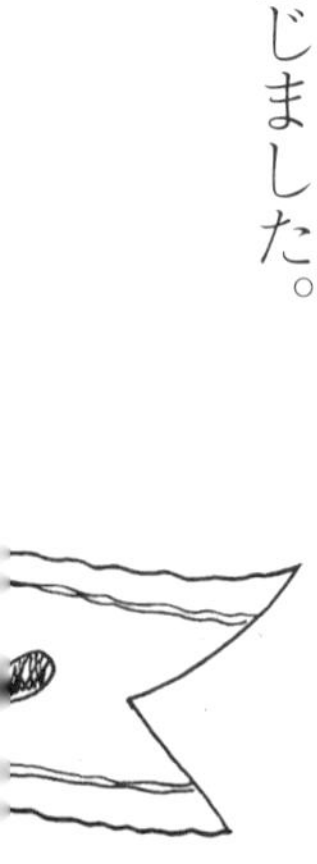

「お礼《れい》をいわれてうれしかったわ。
わたしはお客《きゃく》さまによろこんでもらうのが大すき。
いそがしくてそのことをわすれていたの」
そして、にっこりとわらってこうつづけます。
「そのことを思いだしたら、また
手伝《てつだ》いが楽しくなったの。どんなに
いそがしくても、もうへこたれないわ」
元気いっぱいのスーに、
ジャレットとエイプリルは感心《かんしん》します。
そして、スーの話がおわると、
ふたりの視線《しせん》はジャレットにそそがれました。
「ジャレットはどうだった？」

「たしか……、『完璧《かんぺき》ではない』っていわれたのよね。それから、ジャレットの未来《みらい》には九まいのお皿《さら》が見えるってルーナはいっていたわ。あれは、どういう意味《いみ》だったの？」

そういわれても、ジャレットは首をよこにふるばかりです。

「さっぱりわからないわ。『完璧ではない』も、『九まいのお皿』もよ」

それをきいて、スーとエイプリルはがっかりしました。

もちろんジャレットもです。

「どうしてわたしのうらないだけ、あたらないのかしら？」

その日、スーとエイプリルを見おくったあとも、ジャレットはそのことをかんがえずにはいられません

でした。

「完璧《かんぺき》ではない」というルーナのことばは、あの日からずっとジャレットの心の中にあって、思いだすたびにいやな気もちになりました。それはまるで、なかなかぬけない小さなとげのようです。

「完璧ではないってどういうことかしら？　九まいのお皿《さら》の意味《いみ》は？　この先、よくないことがおきなければいいけれど……」

そう思うと、ジャレットの心は重《おも》くしずみました。

とそのとき、六ぴきの子ねこたちがキッチンへかけこんできたのです。

12

きょうはじめてやったことくらべ

「これからひさしぶりに『はじめてやったことくらべ』をやることにしたんだ、ジャレット」

「ジャレットも、ここでいっしょにきいてよ」

そういいおわるのと同時《どうじ》に、もうニップが話をはじめていました。

「おいらがきょうはじめてやったことは、すごいんだよ。なんたって、きょうはじめて床《ゆか》から戸だなの上に、いっきにとびのれたんだから」

　そうきくと、五ひきの子ねこたちはすっかり感心《かんしん》しました。
　つぎはラムの番《ばん》です。
「ぼくがきょうはじめてやったことは、庭《にわ》の木戸《きど》を頭でおしてあけたこと」
　こうして、子ねこたちはつぎつぎにきょうはじめてやったことを発表《はっぴょう》していきました。そのようすはとても堂々《どうどう》としていて、うれしそうです。六ぴき全部《ぜんぶ》が話しおわると、順番《じゅんばん》はまたニッ

プにもどって、ずっとつづきます。子ねこたちには話すことがたくさんありました。この世《よ》の中《なか》は、まだ子ねこたちがやったことのないことでいっぱいだからです。それでも、何回めかの順番《じゅんばん》がまわってくると、だんだんニップのようなはなばなしい話はなくなってきました。ほんのちょっとした成功《せいこう》だったり、小さなしあわせの発見《はっけん》だったり。それどころか、しくじったことや、

二度《にど》とおなじ目にあいたくないことまで、話しはじめたのです。

ジャレットは、ふしぎに思って首をかしげました。

「しっぽいも『はじめてやったこと』にはちがいないけれど、うれしかったことじゃないでしょ？　それにはずかしいことは、みんなに知《し》られないほうがいいんじゃないかしら？」

すると、ミールがこういいました。

「そのときはよくないことでも、つぎにおなじしっぱいをしないための勉強《べんきょう》になるんだよ、ジャレット」

それをきいて、ジャレットは以前《いぜん》、トパーズ荘《そう》にやってきたバラの谷の魔女《まじょ》シシィが、そういっていたのを思いだしました。

「だからしっぱいも、よいことの中に入るんだよ、ジャレット」

ラムがそういうと、ジャレットはハッとしました。

「みんながうらないに興味《きょうみ》がないっていったのは、そういうわけだったのね。しっぱいもよいことなら、悪《わる》いことなんて何もないはず。それなら未来《みらい》におこることは、すべてよいことばかりだもの」

すると、チコがジャレットを見あげていいました。

「その通りだよ、ジャレット。あしたは、きょうよりできることがふえていて、かしこくなってる。だからあしたは、ぜったいにきょうよりいい日になるんだよ。それは、どんなうらないより、たしかなことさ」

そのことばに、ジャレットはうなずきました。

「完璧《かんぺき》ではない」ことも、よいことのように思えてきたのです。

いつか完璧になればいい。そのためにがんばるのは、もっといい。

そう思うと、胸《むね》の中があたたかくなりました。

「冬のマーケットのうらないでも、みんなにそのことを伝《つた》えよう」

ジャレットはそう思ったのです。

その日。ロニーは日あたりのよい木の下に、ひとりぼっちですわっていました。となりに友だちはいません。けれどロニーは、

もう気にしてはいませんでした。それよりも、自分らしくいることのほうが、ずっと大事《だいじ》だと思っていたからです。それにロニーは、ひとりでぼんやりしていたわけではありません。すてきな形《かたち》の小枝《こえだ》を見つけたので、それをつめで彫刻《ちょうこく》していたのです。

すると、そのようすをうしろからのぞきこむ動物《どうぶつ》がいました。アライグマの女の子です。

以前《いぜん》ロニーがひとことともしゃべれずに、にげだしてしまったときの女の子でした。はずかしくなって背中《せなか》をまるめるロニーに、女の子はこう話しかけたのです。

「何をしているの？　それ、すごくすてきね。きのうもここで、こうしていたでしょ？」

そして、少し小さな声でこうつづけました。

「となりにすわってもいい？」
もちろんロニーは
うなずきました。
何かしゃべろうとしたけれど、
ことばはすぐにでてきません。
それでも、
やっとこういったのです。
「ぼくはロニーだよ。きみは？」
「わたしはベッツィ」

13

冬のマーケット

いよいよ冬のマーケットがはじまりました。

冷《つめ》たい風も、この日ばかりは気になりません。マーケットはたくさんの村の人でにぎやかでした。白い湯気《ゆげ》のあがるあたたかいワインやジュースを手にして、熱心《ねっしん》にお店をのぞきこんでいます。

もちろん「うらない師《し》ルーナと三人の魔女《まじょ》の店」は大評判《だいひょうばん》。うらなってもらおうと近くの村からもたくさんの人がやってきて、長い

Lūna & Three witches

列《れつ》ができました。

遠い国のおひめさまのようなドレスのルーナのうらないと、三人の魔女《まじょ》からのアドバイスに、お客《きゃく》さまは大よろこび。どの人も、うらないとかおりで自分のほんとうの気もちに気づき、はればれとした顔になりました。自分はこうでなくちゃいけないと思いこんだり、しっぱいして目標《もくひょう》を投《な》げだしたり、まわりの期待《きたい》にこたえようと、がまんしたり。自分の気もちを見うしなってしまう理由《りゆう》はたくさんあるからです。こうして、たくさんの人の未来《みらい》をうらなって、週末《しゅうまつ》のマーケットはあっという間にすぎていきました。

そしてつぎの日、みんなであとかたづけをしているときのこと。

いつもトパーズ荘《そう》へ郵便《ゆうびん》をとどけてくれる郵便局《きょく》の人が、まだひろばにいるジャレットに一まいのハガキをとどけにきたのです。

「やあ、ジャレット。少しでもはやく読んだほうがいいと思ってね。いや、ぼくは手紙の中身《なかみ》を読んだわけじゃないんだ。でもほら、目に入ってね」

そういって、一まいの絵はがきをわたしてくれました。

「パパとママからだわ」

そういったつぎの瞬間《しゅんかん》、ジャレットの顔は、これ以上《いじょう》ないほどうれしそうにかがやきました。

そのハガキには、こう

かいてあったのです。

「クリスマスに、トパーズ荘《そう》へ帰ります」

「よかったわね、ジャレット！」

ハガキをのぞきこんだスーとエイプリルが、ジャレットにだきつきました。

パパとママに会うのは、ずいぶんしばらくぶりのことです。

「ありがとう、スー、エイプリル。すごくうれしいわ！」

ジャレットはもう一度《いちど》ハガキを見ると、
こうつづけました。
「今年のクリスマスは『完璧《かんぺき》』よ！」
それをきいたルーナも、とても
満足《まんぞく》そうにうなずきます。
「ほらね、ジャレット。あなた
が心のおくで『完璧ではない』
と思っていたのは、そのこと
だったのよ」
そういわれて、ジャレットは、ハッと目を見はりました。
そして、パパとママのインタビューの記事《きじ》を読んでからずっと、
心の底《そこ》でさびしいと思っていた気もちに気がついたのです。

そんなジャレットの顔を、ルーナはのぞきこみました。

「あなたはすてきな女の子だわ、ジャレット。ずっとがまんしていた自分のほんとうの気もちに、いま、やっと気づいたようね」

ジャレットは、はればれとした顔でルーナを見あげました。

「クリスマスのパーティにごちそう。プレゼントに子ねこたち。それだけでも、じゅうぶんしあわせなクリスマスだけれど、大切《たいせつ》な人といっしょにおいわいできたら、きっともっとしあわせだわ」

ホテルへもどると、ルーナはすぐに旅《たび》じたくをはじめました。
つぎの会場《かいじょう》がルーナをまっているのです。
そして、つぎの朝。
ルーナを見おくろうと、三人がホテルにあつまりました。
「とても楽しかったわ、三人の魔女《まじょ》さん」
ルーナはそういって、三人を順《じゅん》番《ばん》にだきしめます。
ホテルの前にタクシーがとまり、

荷物《にもつ》をつみこんでもらうあいだ、ルーナはジャレットとおわかれのあくしゅをしました。

「ジャレット。すてきなお薬《くすり》をありがとう。おかげで自分のほんとうの気もちがわかったわ。その気もちに正直《しょうじき》になって、ずっとやってみたかったことを、はじめるつもりよ」

　そうきいて、ジャレットは思わずたずねました。

「何をはじめるの？　ルーナ」

「星《ほし》うらないの勉強《べんきょう》よ。もちろんいまでも星うらないはできるけれど、大学に入って、ちゃんと勉強したいの。ウェールズの大学には、占星学《せんせいがく》のクラスがあるのよ」

そう話すルーナのひとみは、キラキラとかがやいていました。ジャレットのつくったかおりがいいあてた通り、ルーナはあたらしいことをはじめるのです。

ルーナをまぶしく見つめながら、ジャレットはこう思いました。

（やっぱりルーナのうらないはすごいわ。あたっていたのは、パパとママのことだけじゃない。『完璧《かんぺき》ではない』ことをなやみながら、わたしは大切《たいせつ》なことに気づくってルーナはいったけれど、ほんとうにそうなったもの）

自分みたいにがまんしたり、ロニーのようにこうなるべきだと思いこんだり……、いろいろな理由《りゆう》で自分のほんとうの気もちが見えなくなってしまうことに、ジャレットははじめて気づきました。

そしてもうひとつ、気づいたことがあります。

それは、子ねこたちに教えてもらったこと。未来《みらい》でおこるいろいろなことは、どんなできごとも、すべて自分にとってよいことのうちに入る、ということです。

そのとき、ルーナのあかるい声がひびきました。

「さようなら、三人の魔女《まじょ》さん！　また会いましょう！」

「さようなら、ルーナ。お元気で」

まっ青《さお》に晴《は》れた空の下を、ルーナをのせたタクシーが走りだします。三人は、タクシーが見えなくなるまで手をふったのでした。

その後、
ジャレットは心の
中に、どうしても
とけないなぞなぞが
のこっていること
に気がつきました。
（わたしには
もうひとつ、
気になる予言《よげん》が
のこっていたんだわ）

14

九まいのお皿《さら》

　そのころ。遠い国の遠い街《まち》で、パパとママがジャレットへのプレゼントを選《えら》んでいました。あれもこれもとかいものをして、パパの両手《りょうて》には、もうもちきれないほどたくさんのショッピングバッグがさがっています。

　そんなとき、ママがウインドウにならぶかわいらしいお皿《さら》に目をとめたのです。それは古い時代《じだい》につくられたお皿で、うつくしい絵がかいてありました。

「まあ、このお皿《さら》！　クラシックなバラの絵よ。ジャレットがよろこびそうだわ。そう思わない？　パパ」

「やあ、ほんとうだ。トパーズ荘《そう》にも、ぴったりにあうよ」

ふたりはそういってお店に入っていきました。

「このお皿を、三まいいただきたいの。わたしたちとむすめのぶんよ」

ママが店の人にそういうと、となりでパパがこういったのです。

「ちょっとまてよ、子ねこたちのぶんもあったほうがいいな」

「あら、ほんとうね。じゃあ、九まいいただきましょう」

クリスマスツリーの飾《かざ》られたトパーズ荘《そう》では、ジャレットと子ねこたちがパパとママの帰りを、いまかいまかと、まっています。

窓《まど》の外では、まっ白な雪がまた舞《ま》いはじめました。パパとママをのせた車が、いくえにもつづくまっ白な丘《おか》を波《なみ》のりのようにこえてやってくるのも、きっともうすぐです。

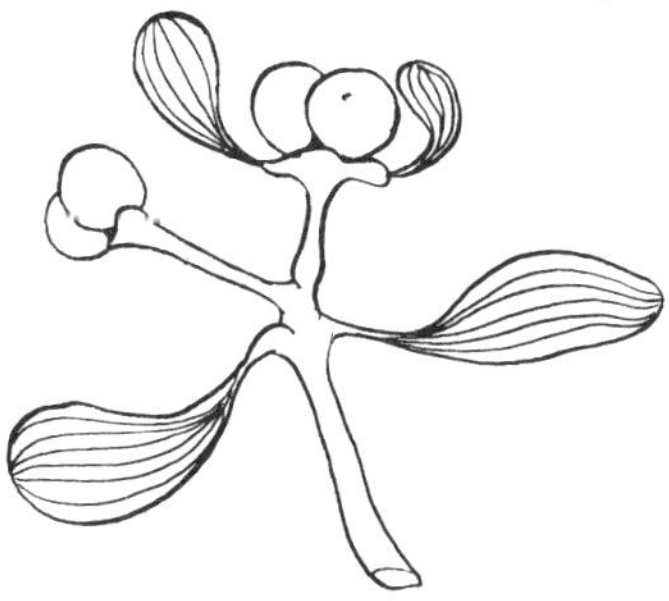

ジャレットのハーブレッスン

心《こころ》にきく2つのかおり

のんびりしたい

落《お》ちこんだ気もちを
ほっとやわらげて、
やすらぎの気もちに。

いい気もちって
感《かん》じるかおりは、
心のお薬《くすり》に
なるのよ！

がんばりたい

落《お》ちこんだ気もちを
いきいきと立ちなおらせて、
やる気いっぱいに。

おなじききめの精油《せいゆ》

スイートオレンジ
カモミール
ゼラニウム

おなじききめの精油《せいゆ》

グレープフルーツ
ローズマリー
ベルガモット

芳《ほう》香《こう》浴《よく》

1 マグカップにお湯《ゆ》を入れて、そこへすきな精油《せいゆ》を1てき入れます。

2 ゆげといっしょにひろがるかおりを、しんこきゅうしてたのしみます。

このお湯も、精油ものめません。まちがってのまないように気をつけましょう。

ルームフレグランス

1 スプレーボトルに精製水《せいせいすい》を50ml《ミリリットル》入れます。

2 1にすきな精油《せいゆ》を5てき入れます。

3 よくふって、できあがり。スプレーする前にもよくふります。

顔や体にはかからないようにしましょう。なるべく早くつかいきりましょう。

❤精油によってはプラスチックをとかす成分《せいぶん》がふくまれる場合《ばあい》があるので、ガラス製《せい》の容器《ようき》がおすすめです。

作・絵　あんびるやすこ
群馬県生まれ。東海大学文学部日本文学科卒業。主な作品に、「ルルとララ」シリーズ、「なんでも魔女商会」シリーズ、「アンティークFUGA」シリーズ（以上岩崎書店）、『せかいいちおいしいレストラン』「こじまのもり」シリーズ（以上ひさかたチャイルド）『妖精の家具、おつくりします。』『妖精のぼうし、おゆずりします。』（以上PHP研究所）『まじょのまほうやさん』「魔法の庭ものがたり」シリーズ（以上ポプラ社）などがある。
公式ホームページ　www.ambiru-yasuko.com/

お手紙、おまちしています！　**いただいたお手紙は作者におわたしします。**
〒160-8565　東京都新宿区大京町22-1
（株）ポプラ社「魔法の庭ものがたり」係

「魔法の庭ものがたり」ホームページ　www.poplar.co.jp/mahounoniwa/

ポプラ物語館 74
魔法の庭ものがたり㉑
うらない師《し》ルーナと三人の魔女《まじょ》

2017年12月　第1刷
作・絵　あんびるやすこ
発行者・長谷川 均
編集・井出香代　斉藤尚美
デザイン・宮本久美子　祝田ゆう子
発行所・株式会社ポプラ社
〒160-8565　東京都新宿区大京町22-1
振替　00140-3-149271
電話（編集）03-3357-2216　（営業）03-3357-2212
ホームページ www.poplar.co.jp
印刷・製本　中央精版印刷株式会社

ISBN978-4-591-15662-9　N.D.C.913/151P/21cm　Printed in Japan

Beru
Chiko
Ramu